La collection littéraire des Éditions du Sablon est publiée avec l'aide de la Fédération Wallonie-Bruxelles

Weyrich sa - Avenue Louise 130A (6e étage) - B-1050 Bruxelles
info@editions-du-sablon.be

Conception graphique et mise en pages :
Martine d'Andrimont ARTifice concept
info@artifice-concept.be Louvain-la-Neuve

Dépôt légal D/2021/931112/10
ISBN 978-2-931112-19-9

DO LEVY DEWIND

AMARRES

éditions du
Sablon

DANS LA MÊME COLLECTION

Martine Wijckaert, *Domus*, 2021

Michelle Fourez, *Terre mon corps*, 2021.

Elena Basile, *Mirages*, 2021.

Xavier Deutsch, *La déclaration du juste*, 2020.

Debout au vent – toujours debout au vent –
c'est le seul moyen d'en sortir.

Extrait de *Typhon*, de Joseph Conrad

I

Des centaines d'éclairs lumineux lui traversent la tête. Noir. Les cris ont disparu, tout comme les bruits de la vaisselle qui s'éclatent sur le sol. On n'entend plus rien... Son cerveau se reconnecte lentement. Une par une, les synapses se réveillent. Il s'appelle Helmut. Il vient d'avoir huit ans. Son père, enragé, est en train de tout casser dans la maison, et il vient de le frapper violemment sur la tête. C'est pour ça qu'il est par terre, sur le carrelage jaunasse et froid de la cuisine qui sent un mélange de graisse à frire et de savon de Marseille. Il l'a frappé sur la tête. Avec quoi ? Une planche ? Sa main ? Son pied ? Helmut n'avait pas fui, cette fois. Quand le père a franchi la porte en hurlant et en titubant, Helmut ne s'est pas caché, comme d'habitude, et comme les autres. Il n'en pouvait plus de toute cette terreur qui leur mangeait les entrailles jour après jour, à lui et à ses frères et sœurs, cette terreur qui les tétanisait, les glaçait de peur à chaque fois. Alors, c'est venu comme ça, sans qu'il y ait réfléchi. Il est resté droit comme un piquet, au milieu de la tourmente, du haut de ses cent douze centimètres. Maintenant, il se demande s'il va mourir. Peut-être. Parce qu'il fait tout noir. Est-ce que c'est un signe ? Il se concentre très fort pour essayer d'ouvrir les yeux. Et il les voit... les grosses chaussures du père à quelques centimètres de son visage. Il referme les yeux précipitamment, de toutes ses forces.

Lors de la visite médicale scolaire, Helmut fut diagnostiqué sourd d'une oreille. Personne ne s'est jamais soucié de savoir d'où cela pouvait provenir.

Des années plus tard, une belle femme rousse rejette ses longs cheveux vers l'arrière et pose délicatement les mains sur son visage à lui, le visage d'Helmut. Elle laisse ses doigts effleurer son nez, ses joues, son front. Il trouvait cela bête au début, enfantin. Il n'avait pas osé le lui dire. Il voulait qu'elle l'aime. Il ne voulait pas la blesser. Et puis, il s'est habitué. Peut-être même qu'il a fini par aimer ça. Je veux dire que quand elle ne lui caresse pas le visage, cela lui manque un peu, et il se demande si elle l'aime toujours.

« Helmuuuut » crie la maîtresse de sa voix nasillarde en faisant un u strident, un u irritant. Cet élève la dérange. Il ne sent pas bon. Il a un prénom allemand. Ce n'est pas sa faute à lui, elle le sait bien, mais elle n'arrive pas à rester indifférente. « Helmuuuut ». Pourtant Helmut essaie d'apprendre, essaie d'être sage, essaie de lui plaire. « Helmuuuut, pour la troisième fois, apportez-moi votre devoir ». Helmut n'a pas fait son devoir. Il aime l'école, il voudrait être un bon élève mais il ne fait pas ses devoirs. Il ne peut pas ramener l'école à la maison. Ce n'est pas possible. C'est comme ça. Les Heldenberg ne font pas leurs devoirs. Jamais. C'est tout. Les autres le regardent, le dévisagent. Il déteste ça. Tous ces regards hostiles et méprisants fixés sur lui. Il sent une grosse boule se former au fond de son ventre et grandir dans sa poitrine. Il ne veut pas la laisser exploser. Il serre les dents. Il serre les poings. Qu'ils le regardent seulement. Il raidit son corps du mieux qu'il peut pour en faire une carapace, pour que rien ne puisse l'atteindre. Emmuré en lui-même, il attend que ça passe. Il regarde fixement le bout de ses chaussures, les petites déchirures qui laissent pénétrer l'eau de pluie, le cuir autour des trous par lesquels passent les lacets qui est prêt à lâcher tellement il est usé, la poussière blanche du chemin qui recouvre presque entièrement la couleur noire.

Quand il lui fait l'amour, elle s'abandonne complètement. Helmut n'a jamais connu cela avant. Une femme qui s'offre comme ça. Une femme avec de longs cheveux roux, une femme toute douce, souriante, qui a quelque chose de solaire. Et elle est à lui.

La voiture roule toujours tout droit. La pluie tombe dru. Helmut presse légèrement sur l'accélérateur lorsqu'il approche les flaques sur la route. Parce qu'il aime les jets d'eau que cela provoque à droite et à gauche de sa voiture. C'est comme un jeu. Plus vite. Il accélère. Il tourne le bouton de la nouvelle sono. Huit haut-parleurs. La musique occupe maintenant entièrement l'espace, épaississant l'air d'une langueur grasse et lancinante. Son cœur ralentit pour battre en rythme. Elle est restée sur le pas de la porte. Elle partira peut-être un jour avec un autre. Il attend au carrefour. Il s'est trompé de route. Il se souvient de ses doigts courant sur sa peau. Ses mains à elle qui passaient délicatement sur son visage. Sa jambe frôlant la sienne. Mais qu'est-ce qui compte finalement ? La pluie le rassure, ruisselante sur la carrosserie, sur le pare-brise, elle efface les traces. Qu'est-ce qui reste alors ? Quelques cordes de guitare qui vibrent au plus profond ? Le souffle de la vie ? Il arrive au carrefour, essuie une larme qui déborde, accélère.

Elle, dans son cœur, elle entend la voix de Lightnin' Hopkins. Marcher sur ce chemin par moi-même... Helmut est parti au petit matin. Elle a l'impression d'avoir été oubliée dans une gare désaffectée à la nuit tombante, seule sur le quai battu par le vent qui rabat la pluie par fortes rafales. Les petites lumières blanches et rouges qui brillent au loin sont inatteignables.

Plus tard dans la journée, elle court sur le plongeoir granuleux et s'élance. Elle pénètre dans l'eau telle une lame affûtée. Il n'y a presque pas d'éclaboussures. Juste quelques ondes oscillantes qui disparaissent rapidement. Elle se faufile dans l'eau comme une créature aquatique. Revenir à l'aube des temps.

En ce moment, le temps est gris, les jours minuscules et les nuits interminables. Des militaires déambulent dans la ville, leur arme en main. L'odeur de la peur est partout. Des milliers d'hommes, de femmes et d'enfants arrivent pour demander l'asile. Sales, épuisés et pleins d'espoirs, ils campent dans les parcs et font la file, muets, devant le Ministère des étrangers.

Elle aurait été à la mer s'il l'avait invitée, mais il ne lui a pas téléphoné. Elle l'aime, cet homme-là. Elle l'aime d'un amour trop grand pour elle, d'un amour qui la déborde par flots. Elle l'aime d'un amour qui la fait souffrir. C'est dimanche, et elle traîne dans son lit.

Helmut, dix ans, dévale la pente sur son petit vélo rouge, sentir le vent sur son visage, dans ses cheveux. Comme quand il est allongé sur son lit et que sa mère fait voler le drap au-dessus de lui. Il pédale plus vite. L'aigle de Tolède, le plus grand grimpeur cycliste de tous les temps. Les cris, les applaudissements des supporters. Plus vite encore.

Il accélère. La maison de la vieille Standaert, la maison de Joris, et plus loin derrière, celle de Mie. Il y a un homme qui a marché sur la Lune. Il pédale de toutes ses forces. La roue avant est légèrement voilée, le cadre rouillé, la peinture rouge écaillée par endroits laisse l'humidité s'immiscer dans le métal. Ils peuvent bien rire, il roulera plus vite. Le vent sur le visage. Le grand Jo discute au coin de la rue en contrebas avec un autre gars. Plus vite. La vieille Standaert qui parle au facteur. Plus vite. Il n'a plus peur maintenant sur son vélo. Ils peuvent bien rire. Il ira plus vite, plus loin.

Elle laisse glisser ses doigts sur son visage, sur l'arête du nez, sous les yeux, là où la peau est toute fragile. Le beau visage d'Helmut. Elle se noie dans l'eau claire de ses yeux. Le temps s'est arrêté. Elle sourit. Il répond.

Helmut vient d'avoir huit ans et demi. Il entre subrepticement dans la chambre, faisant bien attention de ne pas laisser la porte grincer. Les rideaux bleu marine laissent passer un peu de lumière donnant à la pièce un éclat particulier, doux et presque mystérieux. Il entre sur la pointe des pieds, passe à côté de l'aspirateur et des trois caisses en carton pleines de vieux outils entassés là depuis des mois. Tout est silencieux. Ses trois frères sont dehors. Il ouvre la porte de la lingère et contemple les draps blancs empilés sur les deux planches. Ils sont parfaitement amidonnés, pliés, posés les uns au-dessus des autres, sans que rien ne dépasse. C'est là tout l'espace de la mère, le seul qu'elle a réussi à préserver de la fureur du père. Le rêve d'un monde sans chaos. Un monde aseptisé, un monde où la brutalité serait impensable. Helmut s'assied sur le plancher et se laisse emporter dans sa contemplation. Un sentiment d'apaisement. La porte de la cuisine claque, un cri, l'eau du robinet. Il se précipite hors de la chambre, silencieux comme un tigre en chasse. Personne ne doit savoir.

Elle sort du lit. Laisse un instant sa main traîner sur le drap blanc en désordre. Elle se sent belle. Quand il lui a fait l'amour, elle se sent toujours belle. Elle sent son regard qui glisse sur son corps. Elle sort de la pièce avec une assurance inhabituelle. Elle part à la recherche de ses habits. Elle est comme hors du monde, ici. Dans ce salon pâle, uniformément gris et blanc, ses vêtements colorés font d'étranges taches vives.

Café De Hoek, 9h40. La serveuse, Cristal, petite boulotte, cheveux blonds bouclés. Ce matin, elle a vu à la télévision de la station de métro les corps échoués sur la plage. Un client est assis sur la banquette depuis plus d'une heure, face à sa tasse de café à laquelle il n'a pas touché. La serveuse ne dit rien. Il ne dérange pas ce type, même s'il consomme peu. Il n'est pas saoul, il ne lui raconte pas sa vie. Un marin-pêcheur probablement. Il s'appelle Helmut, mais elle ne le sait pas. Elle a mal dormi, et Lambert, son amoureux, l'a ignorée ce matin. Quand est-ce qu'il lui a fait l'amour pour la dernière fois ? Ce matin, elle a vu à la télévision de la station de métro les corps échoués sur la plage. Des corps jeunes et forts, échoués comme des cannettes usagées que la marée refoule. Échoués. Elle n'arrive pas à chasser l'image, elle passe un coup de lavette sur l'évier pour faire briller l'inox. Helmut est assis là depuis plus d'une heure. Il s'est réveillé à l'aube dans les bras d'une belle femme rousse. Et puis, il l'a laissée sur le pas de la porte. C'est bien, ici. Il peut regarder dehors par la fenêtre. Observer les passants, leurs vêtements, leur manière de marcher, leur visage, voir comment ils laissent transparaître leur ennui, leur bonheur, leur tristesse, comment ils se tiennent droits et regardent très loin, combien ils sont blessés parfois, enfermés. C'est comme ça qu'il a appris le monde, en regardant. La serveuse repasse un nouveau coup de lavette sur l'inox.

Une radio miniature perdue, oubliée dans les hautes herbes du terrain vague derrière la maison de la vieille Standaert. Un bloc de plastique orange terni par les pluies qui attire le regard du petit Helmut. Une tache de couleur dans les herbes vertes. Il a utilisé les sous de sa tirelire pour acheter des piles. Tard le soir, dans la chambre qu'il partage avec deux de ses frères, il admire sa nouvelle radio. De l'autre côté de la cloison, les ronflements du père font le bruit d'une tronçonneuse. Helmut fait tourner la roue dentelée très lentement à la recherche d'une station, le son mis au minimum. Grésillements, voix, grésillements, musique. Il préfère la musique. Un de ses frères fait un bruit bizarre, se retourne, serre son oreiller dans les bras, se rendort. La tête sous la couverture, la radio collée à l'oreille, Helmut écoute. Soudain, un monde nouveau. Il écoute. Et son corps se détend lentement. Son sang bat le rythme dans les veines des jambes, des bras, du torse. Il est habité. Ses doigts tapent la mesure sur le drap, son pied gauche embraye. Maintenant la radio diffuse un vieux blues du Mississippi. Un guitariste qui s'appelle Robert Johnson. Il joue tellement bien qu'on a l'impression qu'il y a plusieurs guitares. C'est beau. Il s'endort en murmurant « *I went to the crossroad, fell down on my knees, I went to the crossroad.* » J'allais là où les routes se croisent et je suis tombé sur les genoux. « *Asked the Lord above, "Have mercy, now save poor Bob if you please"* ». J'ai demandé au Seigneur « Ayez pitié, sauvez maintenant le pauvre Bob s'il vous plaît. »

Il ne cherchera plus, désormais, que les émissions musicales. Toutes les émissions musicales, classiques, rock, pop, jazz. Une révélation.

Le samedi, l'année de la rentrée en sixième primaire, Helmut travaille à la minque. Un petit boulot d'écolier. Il se lève à trois heures et demie du matin, plonge dans son jeans, enfourche son vélo rouillé rouge à la roue avant légèrement voilée, roule une demi-heure dans la nuit noire. La minque. Sous la pluie parfois. Là, il a appris à nettoyer les poissons. Il manie le couteau. Au début, il nettoyait seulement les bacs avec le jet d'eau. Et il regardait comment faisaient les autres. Il observait. Et un jour il a demandé s'il pouvait essayer. Maintenant, il sait reconnaître les poissons, il sait comment les couper, les nettoyer. Il sait faire. Et il aime ça. Manier les couteaux aussi. Les lames affûtées qui brillent. Le geste précis. Le tranchant de la lame sur les écailles qui luisent dans la lumière. Il est concentré. Il travaille vite, plus vite. Mieux que les autres. Après il reçoit la petite enveloppe blanche. Et il remonte sur son vélo. Ses frères et ses sœurs dorment encore. Il met l'argent à l'abri du père. Parce que l'alcool n'a pas de conscience. Il s'achète des trente-trois tours vinyles. *Pet Sounds* des Beach Boys et un disque de blues de John Mayall.

D'abord elle lui a demandé s'il aimait la musique. Et puis elle lui a demandé s'il voulait bien l'accompagner à un concert d'un groupe rock. Au milieu de milliers de gens, il la prend dans ses bras. Il sent la musique dans son corps à elle, dans son corps à lui. Il y a des cris, des flammes, les basses qui battent dans la poitrine, les riffs de guitares qui n'en finissent pas.

Ils dansent, emportés par le rythme, leurs corps se frôlent, s'éloignent, se retrouvent. Ce soir, il lui fera l'amour.

Elle le regarde fixement. *If you go away*. Ray Charles, avec son balancement bizarre qui dérange, ses grimaces de vieil aveugle et sa voix qui pénètre sous la peau, dans la chair, jusqu'au cœur. Elle pleure. Elle sait bien qu'il finira par partir. Elle sait les mensonges, les non-dits, tout ce qu'ils se sont tu, tout ce qu'ils n'ont jamais voulu se dire, qu'ils ne diront jamais. *If you go away*. Les amours interdites. Les bulles gluantes, là où ils n'iront pas. Ils savent. La voix de Ray Charles se brise, presque un murmure. Elle ne veut pas savoir.

Il marche sur l'estacade. Le vent joue dans ses boucles. La mer a la couleur de ses yeux. Elle le trouve beau.

C'est une histoire comme un morceau de jazz, une phrase musicale toujours la même, chaque fois différente, un morceau d'Avishaï Cohen qui s'appelle *Remembering*, comme la marée, le ressac de la mer qui vient et qui s'en va. Une histoire d'amour.

Un minuscule petit bonheur. Presque rien. Juste un instant. Sa main qu'il pose sur sa cuisse quand il conduit et qu'elle est assise à côté de lui, un mot d'amour murmuré d'une voix chaude et douce au téléphone, un regard un peu plus brillant que d'habitude. Et puis... rien. L'instant de grâce se dissout. Et soudain la peur de la perte, la peur que ça ne revienne pas, que ça n'existe plus jamais. Un serpent silencieux s'insinue en elle. L'air a des difficultés à se frayer un chemin dans la gorge qui se resserre. Le serpent s'installe. L'attente toute en tension creuse irrémédiablement une écorchure qui s'ouvre lentement, béante, douloureuse. Elle change, devient fragile, s'agite, fuit le vide.

Et quand il s'en va, elle n'est plus qu'écorchure vive. Est-ce qu'on meurt d'amour ?

Quand il est sobre, le père parle d'une grosse voix posée, avec des mots savants. Il est bûcheron. Et il parle comme un avocat. Des syllogismes, des démonstrations, un esprit logique implacable. Il a de la prestance, le bûcheron. Et tout le monde l'écoute, le respecte, l'admire. Puis il s'abîme dans l'alcool, se noie. Et l'ogre surgit. Le monstre hurlant, tempêtant, qui annihile tout sur son passage. Les mots qui détruisent, les mots qui déchirent à jamais, qui tranchent. Les mots qui font honte. C'est quoi, cette faille ? De sa hache, le bûcheron tranche le tronc, juste sur le trait de taille. Il tempête, s'acharne sur sa famille. La femme. Les enfants. Tous les enfants. La hache virevolte. C'est quoi, cette faille ? Ce tronc planté profond dans la terre qui s'abat dans un tonnerre.

Helmut dit « Viens » et elle répond « Où ? » Il dit « Chez moi » et elle vient. Il ouvre la porte et retourne dans son lit. Elle le suit. Alors il entre en elle puis il s'effondre en larmes. Elle ne dit rien. Elle le tient juste dans ses bras, pendant des heures, lui caressant le dos. Comme une maman avec son bébé. Les gestes suffisent parfois. Qui ne mentent pas comme les mots. Pourtant le lendemain dans le train de retour, tout ce silence lui fait comme un trou immense. J'ai peur de disparaître, dit-elle.

La mère coud sur une machine à pied. Sa chaussure balance la pédale de haut en bas, avec la régularité d'une locomotive. Haut et bas, bas et haut. Un ronronnement qui rassure. Des ourlets sur des tentures. Des kilomètres d'ourlets. Entre la soupe et la lessive. Entre les lits et la vaisselle. Des kilomètres d'ourlets. Des lignes droites à l'infini. Toujours. Helmut reste là. Elle est belle, la mère. Grande, droite, des longs cheveux noirs. Et des grands yeux foncés qui transpercent tout. Helmut la protège. Il est un tout petit soldat faisant le guet, un tout petit soldat prêt à partir en guerre, assis au pied de la machine qui ronronne. La pédale balance de haut en bas, de bas en haut. La mère est concentrée sur la ligne de l'ourlet, ne voit rien d'autre.

Qu'importe, Helmut veille. Les frères et sœurs ouvrent la porte. L'air froid, la vie de dehors. La vie des enfants. La plus jeune sœur est tombée, s'est ouvert le genou, il y a du sang partout. La mère replie la tenture, lave la plaie, désinfecte au mercurochrome, met un pansement. Puis reprend son ourlet. Helmut assis au pied de la machine. « Ça va bientôt être l'heure du souper », dit-elle comme si elle se parlait à elle-même.

La mère est douce. Elle travaille. La maison, les enfants, les ourlets. Elle nettoie, fait les courses, prépare les repas, range les draps, le linge. Elle ne se fâche jamais, elle se cache parfois pour qu'on ne la voie pas pleurer. Et elle prie. Pour ses enfants, pour son homme, pour que le démon qui le possède s'en aille à jamais, pour que la pauvreté s'éloigne de leur maison. Elle prie, la mère. À chaque demeure sa croix. Encore et encore.

Elle aussi, elle est douce. « Tes mains sont douces comme celles de ma mère », dit Helmut. Elle voudrait qu'il lui dise qu'il l'aime encore. Le silence est trop lourd. L'écrase. Elle laisse le téléphone sonner longtemps. Il ne répond pas aux messages ni au téléphone. Il doit d'abord reprendre des forces, apaiser la bête noire, se retrouver lui-même comme il veut se montrer, comme il veut être. Il raidit son corps du mieux qu'il peut pour en faire une carapace, pour que rien ne puisse l'atteindre. Emmuré en lui-même, il attend que ça passe.

Un grand manteau de cuir noir jusqu'aux pieds, chapeau bas sur le visage, yeux bleus délavés cerclés de noir, l'Undertaker, champion invaincu, se tient devant un cercueil ouvert et parle dans son micro. Le colosse tatoué, diable incarné revenu du pays de la mort, prend des airs de prédicateur, promettant de sa voix ténébreuse la mort à son adversaire. « Prépare-toi pour ton dernier voyage. Tes péchés contre l'humanité seront payés. » Le public crie, frappe des mains, tape des pieds, siffle, hurle. Arrive un petit homme à la cravate rouge à pois et un costume bleu roi qui pousse une dame assise dans un fauteuil roulant. D'une chiquenaude, l'Undertaker envoie le petit homme voler dans le cercueil et laisse retomber le couvercle. La foule est en délire. On envoie les guitares, le métal. La femme toujours dans son fauteuil prend peur, commence à crier. L'Undertaker la soulève à son tour du bout des doigts, rouvre le couvercle du cercueil et la fourre dedans comme si elle n'était qu'un vieux sac de linge dégoûtant. Rien ne l'arrête. Il outrepasse. La foule hurle plus fort encore.

Alors, Big Show, en collants, surgit du fond du couloir. Trois cents kilos de graisse. Il piétine. Il vient au secours des deux malheureux. Le pitch est donné, le combat commence. Les deux colosses s'affrontent sur le ring, dans les cordes, hors du ring, dans le public. Tous les coups sont permis, les faux, les truqués, les vrais, ceux qui font mal, ceux qui ont été prévus à l'avance en coulisse, ceux qui surprennent, les blessures, les chagrins, les humiliations, les mensonges, les lâchetés, les trahisons... les coups, juste les coups. Comme dans la vie, comme au spectacle.

II

La mer l'avait pris tout petit. Helmut ne savait même pas d'où c'était venu. Le vent peut-être. Ou les vagues inlassables. Le rythme du ressac. Le rêve d'une sirène perdue dans les flots qui l'appellerait, lui, entre tous. L'horizon. Mais Helmut ne rêve pas. Il préfère la mer, c'est tout. Il sera pêcheur. Comme les hommes qu'il voit revenir à la minque quand ils déchargent les cageots remplis de poissons. Des hommes sales et épuisés, mais sereins, fiers... heureux. Il sera pêcheur.

Le soir après l'école, il tourne dans le quartier à vélo. Mie est assise sur le pas de la porte. Elle joue avec des petits cailloux. Elle n'est pas comme les autres filles. Il la voit parfois dans la cour de l'école, toujours à l'écart. Elle ne parle pas aux autres. Peut-être qu'elle ne parle pas du tout, d'ailleurs. Lui, il aime bien l'observer. La peau diaphane, presque transparente, et les yeux sans la moindre trace de méchanceté. Parfois, il rêve de l'emmener dans le terrain vague derrière la maison de la vieille Standaert, écouter la musique du petit poste de radio.

Le matin, quand il ne part pas en mer, il court dans les dunes. Un, deux, dix, quinze kilomètres. Il court loin de son enfance, loin du père qui détruisait tout ce qui se trouvait autour de lui, loin de la peur de ne pas en réchapper. La misère est une glu qui s'infiltre dans tous les interstices, qui se voit, se sent, se reconnaît. Il court plus vite, plus loin. Plus loin des femmes aussi, des amis. Il veut rester maître de sa maison, de sa voiture, de son bateau. Ne laisser personne le ramener au point de départ. Jamais. Il court encore, toujours plus vite. Il se méfie. Ne lâche pas. Ne montre rien. Il ne se souvient même plus de Mie maintenant.

L'Undertaker avance lentement sur le ring. Un simulacre de combat ou un simulacre de vie. Tous ses gestes sont ralentis. Il retire son grand manteau de cuir noir, approche de son adversaire, mastodonte pailleté. La foule crie. Les forces obscures se libèrent, brutes, immédiates. Les colosses sont les dieux d'un instant. Tout se joue là, maintenant. La vie et la mort, les humiliations et les injustices, tout ce qu'on n'a pas pu expliquer... L'impuissance... L'Undertaker saisit une chaise pliable et s'en sert pour taper sur la tête de son adversaire. Rituel prévisible et sauvage. Il saute par-dessus les cordes, revient, se glisse en dessous, est projeté dans les cordes par un coup de pied, tombe sur le dos dans un bruit fracassant. Tous les coups sont permis. Sur le ring, hors du ring. Il monte sur les cordes et se lance dans un saut ultime sur son adversaire. Le coup du bélier. La cloche qui sonne, le métal symphonique, les flammes dans le fond. L'intimidation est totale. Il est Dieu et le diable, l'invaincu, l'ignoble, l'homme le plus fort du monde. Et la foule déchaînée qui hurle toujours plus. Et quand le spectacle est fini... À quoi ressemble l'Undertaker quand il rentre chez lui le soir ? Malabar blessé, gonflé de stéroïdes... Ce dieu d'un instant... À quoi ressemble la vie quand le spectacle est terminé ?

Helmut s'est enfermé en lui-même. Il brave la mer, les tempêtes, les avaries, les tornades. Balloté comme un jouet insignifiant sur une mer déchaînée, des vagues géantes d'une force démesurée s'abattant sur lui. Jeter les filets, au long des jours, des nuits, des mois et des années, les ramener, trier les poissons, les nettoyer, les vendre. Les gestes répétés toujours pareils s'inscrivent profondément dans son corps jusqu'à le façonner. Le ressac des vagues. Oubliée, disparue dans les flots, la sirène qui l'appellerait, lui, entre tous. Est-ce que c'est ça la vie ? Il s'est enfermé. Garder le contrôle, refaire tous les jours les mêmes choses pour ne pas se perdre, pour échapper irrémédiablement au chaos. Un leit-motiv, une phrase musicale qui revient sans cesse, toujours la même et chaque fois un peu différente. Le ressac. Est-ce que, quand il revient à terre, il a lui aussi les yeux fatigués et sereins ? Oui, il aime toujours la mer.

Et le soir, seul dans son lit, héros minuscule qui a bravé l'immensité aquatique brutale et féroce. Il en est revenu cette fois encore.

Jeudi 25 novembre, cinq heures trente-deux de l'après-midi. Le soleil est couché depuis un moment. Un vent puissant et glacial s'engouffre dans la seule rue commerçante de la ville. Un vent qui projette avec force des milliers de petits grains de sable piquants sur le visage et dans les yeux. Quelques réverbères diffusent un faible halo de lumière orange. Il n'y a presque plus personne. Tout le monde est rentré, se calfeutre chez lui. Au loin, des pleurs d'enfant et les portières d'une voiture qui claquent. Silence. Le vent souffle toujours plus fort. Une profonde impression de désolation. Helmut revient du port en vêtements de travail. À quelques mètres devant lui, une femme aux longs cheveux roux se tient toute droite malgré le vent, contemplant la vitrine d'une lingerie de luxe. Des sous-vêtements en délicates dentelles de soie aux couleurs nacrées. Helmut l'observe, silencieux. Une femme douce, avec un petit truc lumineux. Une femme simple qui resterait elle-même avec ou sans luxe, authentique. Le vent souffle maintenant par rafales. Helmut avance, arrive à sa hauteur et murmure un vague petit bonjour. Elle sursaute, se retourne. Il est déjà plus loin. Il ne reste que le vent qui tempête comme s'il allait tout emporter.

La fille de l'autre jour, celle qui regardait la boutique de lingerie, est assise sur le parapet. Elle observe les bateaux, le regard perdu dans le vide. Une voiture brûle un feu rouge. Sur le sol, une boîte à sardines d'où s'écoule de l'huile.

Les produits sont soigneusement rangés dans les rayonnages. Le rayon poissonnerie est énorme. Une dizaine d'étals. Des centaines de poissons de toutes les tailles, de toutes formes débordent de vieux bacs en plastique bleu. Les écailles argentées brillent sous la lumière crue des néons. Une forte odeur se répand. Des hommes vêtus de grands tabliers en toile cirée sale et de bottes en caoutchouc lavent les bacs bleus et le sol carrelé avec un tuyau d'arrosage. L'hygiène n'est pas parfaite. La mer est entrée dans le magasin, une vague gigantesque a déposé les poissons dans les bacs. La mer avec son odeur, son abondance. « C'est cette vie-là que je voudrais », dit-elle. « Une vie où les poissons sentent le poisson. Une vie où je n'aurais plus peur de me montrer telle que je suis ». Elle saisit un crabe, enlève les élastiques qui lui enserrent les pinces et y met les doigts. Encore cette fille rousse. Il la croise partout. Mais qu'est-ce qu'elle fait ?

— Qu'est-ce que vous faites ? Ben oui, les crabes pincent !

— J'en voudrais trois. Je vais essayer de faire une soupe. Vous savez faire de la soupe aux crabes ?... Je voudrais apprendre.

Elle le regarde avec ce mélange d'enfance, de détermination et d'angoisse. Et il est touché. Et il ne sait même pas pourquoi. Lui qui garde toujours la maîtrise.

Bistrot du port. Celui caché dans la petite rue derrière la minque. Relents mêlés de vieux tabac, de fumée de cigarette et d'effluves de bière. Les riffs de guitare qui emportent le cœur, les distorsions qui nouent les tripes, les drums qui vibrent à l'intérieur. Des marins, ballottés par la mer pendant des nuits entières, se posent un instant. Ils parlent de tout et de rien, une recette de cuisine, le prix de la vie, le parc de la ville. Ou bien ils ne parlent pas. Helmut est assis là. L'odeur de sa veste en cuir. Derrière lui, une voix de femme chaude et cajoleuse. Il est flatté, il aime plaire. Il se retourne. Une grande brune. Elle est jolie avec sa petite robe rouge.

La voix déchirée d'Axl Rose. Pourquoi n'a-t-il pas accepté de faire de la soupe aux crabes pour la fille d'hier ? Il pose sa main sur le bras de la femme à la robe rouge, sourit, se lève et sort. Le silence glacial de la nuit bruineuse. Il porte la main devant son visage pour se protéger d'une rafale de vent.

Elle est à l'autre bout de la digue. Et elle court. Plus vite. Elle court vers lui, pour le retrouver, pour se jeter dans ses bras. Et elle rit. Et elle court. Les longs cheveux roux en bataille qui volent dans le vent. Le riff s'emballe. Qu'est-ce qui lui prend de faire des rêves idiots comme ça ! Sur la plage, un avion à basse altitude. Trop basse altitude. Le rugissement du moteur. Son bras devant le visage. Il efface immédiatement. Il n'est pas celui-là. Lui, ne rêve pas. Il se tient simplement droit dans la tourmente.

Tempête. Vent de force douze. Impossible de sortir en mer aujourd'hui. Il marche le long de l'eau. Tout petit face aux vagues déchaînées, vent de face. La mer. Pourtant, il assure, il prend son bateau depuis des années et revient à chaque fois. Pourquoi pense-t-il à la fille ? Il pêcherait les crabes et elle ne saurait même pas préparer la soupe. Passe ton chemin. Ce n'est pas pour toi. Il avance, les pieds dans le sable, vent de face, droit comme un piquet au milieu de la tourmente.

Affrontement de forces de la nature. L'Undertaker, l'invaincu, le revenant tout en noir, est défié par Batista, l'animal, le buffle à la condition hors du commun, une immense masse de muscle brute. Cris du public en furie. L'Undertaker, l'homme mort, *the Dead Man*, porte son manteau, son chapeau et son maquillage. Les gestes lents, le regard fixe, il enlève son manteau. La cloche sonne trois fois. Cris. Les monstres se tiennent face à face sur le ring. Premiers coups. Batista arrive à contrer. Enfourchement. Ils tombent tous deux depuis leur hauteur. Le sol tremble. Batista fonce, reçoit un coup de genou dans la face. Étranglement. Prise de soumission. Hurlements de la foule qui se vide le cœur. Chokeslam de l'Undertaker, il saisit Batista par le cou et le projette violemment sur le sol. Mais Batista se relève, se dégage de la prise, saisit le revenant, l'effondre. Coup sur la nuque. L'Undertaker est étendu, immobile comme une masse molle. Soudain il se redresse, revient. Il renverse Batista, lui tape la tête contre le sol. Batista gît, la bouche ouverte. Hurlement. La foule est déchaînée. L'homme revenu de la mort est invaincu, à jamais...

La femme rousse a disparu, perdue dans cet espace des histoires qui n'arrivent pas, des événements qui ne se produisent pas. Les limbes des rêves inaboutis, des espoirs déçus, des possibles oubliés. Toutes ces vies qui n'ont pas été vécues. Helmut dit que sa vraie compagne, son amour de toujours, c'est la mer. Et pourtant, subrepticement, il arrive qu'au cœur de la nuit, quand dort la ville entière, quand il ne reste plus que le bruit du vent faisant claquer les étais, la femme rousse ressurgisse d'un méandre de son cerveau et vienne le hanter dans son demi-sommeil. L'idée d'une femme lumineuse qui se serrerait contre lui, qui passerait ses mains chaudes et apaisantes sur les blessures et les coups de son corps malmené par la pêche. Un instant de tendresse, de désir, de passion. Et à l'aube, il chasse le tout d'un revers de main, se lève, fait couler un café dont les effluves se répandent dans la pièce. Nouvelle journée de pêche.

Des vagues sauvages déferlent sur le pont, des rafales de vent giflent le bateau, le balançant sur la mer comme un brin de paille. Helmut est en alerte. Par un temps comme celui-là, la moindre erreur peut être fatale. Il le sait. La mer est toujours la plus forte. C'est elle qui commande. L'eau se fracasse sur le pont avec une force inouïe, puis se retire, revient plus brutalement encore. Helmut remonte le chalut, enclenche le treuil, glisse, perd l'équilibre, roule, atterrit brutalement contre la malle de métal où sont rangés les filets. Il se relève sans même se demander s'il a mal quelque part, se précipite, s'arrime pour ne pas être éjecté, vide son chalut en ouvrant le filet par le bas. Des centaines de poissons glissent les uns sur les autres à même le sol. Ils brillent, se tortillent, happent l'air. Tout près, des mouettes par dizaines tournoient en poussant des cris stridents. Le bruit des vagues, du vent, le ronronnement du moteur. Ici, on est au bout du monde. Helmut ne sent pas le froid, l'humidité, il n'entend rien, reste juste concentré. Surveiller les alentours, maîtriser chaque geste, faire redescendre le chalut, trier les poissons. Plus tard, quand il sera rentré, quand il sera couché dans son lit, avant que le sommeil ne l'emporte, son corps se rappellera à lui, tendu, épuisé, douloureux.

« Vous voulez faire un tour sur la plage avec moi ? » Ce mélange de témérité et de timidité. Cette femme-enfant solaire le trouble. Oui, il veut bien faire un tour, d'accord. Elle est jolie. Elle le regarde tout droit dans les yeux, sans intention cachée. Ils marchent côte à côte. Elle parle vite, faisant crapahuter les mots les uns sur les autres.

Helmut se tient très droit. Un arbre bien planté. Ses racines sont fragiles mais personne ne le sait. Il se veut un gentleman. Il voit la fille rousse de temps en temps. Lui donne rendez-vous sur la rade pour une petite promenade le long de la mer. Jamais de geste déplacé. Poli à l'excès. Parce que le temps et l'excès sont ses alliés. Il s'en sert comme une force. Et il maîtrise. Toujours.

Dimanche matin, le vent est tombé, tout semble calme, figé. Une fine pluie rafraîchit. La brume efface les contours, ternit les couleurs. Le ciel dense, cotonneux, éclaire le monde d'une lumière vert-tilleul. Personne dans les rues. C'est trop tôt. Tout est calme, presque effrayant. Pas de dimanche pour les marins. Mauvaise pêche cette semaine. Helmut sort en mer, au petit matin, avec la marée, monte dans son bateau, met le moteur en marche. Il est seul au monde.

Un tout petit crabe court sur le sable, de son étrange démarche de côté. Helmut se redresse, les muscles en tension. Elle rit. J'aime bien ces bestioles qui ne font pas comme les autres. Elle tend la main et laisse le petit animal venir à elle, grimper sur ses doigts, avancer lentement le long de son bras. Ça chatouille. Elle rit encore. Cela paraît si simple pour elle. Une amitié toute naturelle entre une femme et un crabe minuscule. L'idée d'une harmonie fondamentale.

Il l'invite à manger des fruits de mer dans la ville voisine. Il passe devant elle en sautillant pour lui tenir la porte. Terrasse avec vue sur la mer. Il a mis son jeans noir qui lui va bien et un pull marin. Celui qui se reflète dans ses yeux. Paravents et chauffages électriques. Verre de vin blanc. Ils se salissent les doigts. Comment ça se mange ces trucs-là? Ils rigolent. En arrière-fond, la voix suave de Julie London. Les mouettes crient au loin. Une bourrasque de vent, les serviettes s'envolent. Ils courent les ramasser. Une ici, une autre là plus loin. Deux serveurs font de même pour récupérer le reste. Étrange ballet. Ils rient à nouveau. Les mouettes crient plus fort. Il commande une autre bouteille de vin, raconte des histoires de bistrot pour marins. Des histoires d'hommes qui viennent vendre en noir, à petit prix, des caisses de fruits tombées du bateau. Des histoires de pêcheurs qui se battent pour des broutilles. L'un d'entre eux ne supportait pas qu'un autre vienne s'asseoir à côté de lui, sur un tabouret, face au comptoir. Question d'orgueil. Les autres s'en moquaient et respectaient en même temps. À l'époque, les pêcheurs partaient six semaines, loin dans le Nord, dans les mers glacées aux abords de l'Islande. Leur vie était dure et ils étaient tellement fatigués qu'ils en devenaient bizarres parfois. C'est quoi la place d'un homme dans le monde? Comment pouvaient-ils être sûrs que leur femme ne les trompait pas? Il lui ressert un verre de vin. Les chaufferettes à résistances orange accrochées à un poteau au-dessus de leur tête leur donnent chaud. Elle part aux toilettes. Se regarde dans le miroir. Tu me racontes encore? demande-t-elle.

Son corps contre le sien. Ses doigts courent sur son torse. Elle aime sentir la saillie de ses muscles, les endroits où la peau se fait plus douce. Le voile blanc posé devant la fenêtre volette avec le vent. Le soleil passe au travers, projetant de petites ombres dansantes sur le mur chaulé. Encore à moitié endormi, il grommelle des trucs qu'elle ne comprend pas. Soudain les cris de mouettes. Puis revient le silence. Elle se lève sans faire de bruit. Il se rendort encore un peu, rattraper un rêve interrompu... Elle prépare le café et les toasts. Les œufs parce qu'elle sait qu'il aime ça. Elle met de la musique. Un vieux blues qui résonne au rythme de la vie. Je t'aime, dit-elle à voix haute.

Il entrouvre les yeux, la tête encore enfoncée profondément dans l'oreiller. Elle bondit sur le lit, de l'autre côté, s'assied jambes croisées. Elle rit de bonheur. Je peux mettre du rouge à lèvres vermillon, dit-elle. Je peux marcher pieds nus dans l'herbe et sentir les petits brins me chatouiller la peau. Je peux raconter une histoire pour consoler un enfant qui pleure. Je peux rire aux éclats. Je peux m'abandonner sous tes caresses, t'aimer encore, pour toujours. Je peux préparer des pâtes aux vongole. Je peux me tromper, faire des bêtises, plein de bêtises et ne pas apprendre de mes bêtises. Mais je peux profiter d'un petit moment de bonheur. Et puis... je sais que je t'aime. Il la regarde, referme les yeux, s'éloigne un instant. Puis il revient, l'attire à lui.

Elle dénoue ses cheveux roux, les laisse tomber sur ses épaules. Elle l'observe, envoûtée par son visage dévoré de désir. Il est beau. Infiniment beau. Elle lui offre son corps, s'abandonne. Elle voudrait être fondue en lui. Fusionner pour l'éternité. N'être plus qu'un. Elle cherche sa bouche. Le goût de sa bouche. Son parfum. Au loin, le bruit de la foule. Plus rien n'existe. Le monde s'évapore. Y compris la chambre, les murs, les pales du ventilateur, le plateau avec les œufs, les toasts et le café. Elle remonte avec l'ongle du pouce le long de son dos. Il se crispe et s'enfonce plus profond en elle. Ses mains la pétrissent. Elle veut se faire plus douce. Elle veut être à lui, s'offrir entière à son amour. Il prend son sein dans la bouche, tète comme un tout petit enfant. Puis ses coups redoublent, toujours plus profonds, plus forts. Que restent au loin les tourments du monde.

Café De Hoek, 11h32. La nouvelle machine ultra perfectionnée, fait du café transparent. Cristal, elle aime le café fort. Elle travaille là comme serveuse depuis plus de cinq ans maintenant. Aujourd'hui, elle porte un joli jupon bleu roi. C'est Lambert qui le lui a offert, il y a quelques années. Elle pense que ce bleu met ses boucles blondes en valeur. Elle regarde les nouvelles sur le petit écran plat de la télévision que le patron a installé dernièrement dans le café. « C'est bien pour les clients quand il y a un match de foot » avait-il déclaré. Elle passe la lavette sur l'évier en écoutant un représentant de la CGT invité au journal. Il explique qu'avec ses camarades, pour protester contre les coupures d'électricité dans des foyers pour défaut de paiement, ils coupent de temps en temps le courant pour tout le monde pendant quelques heures. « C'est la seule manière de se faire entendre » dit-il. Le but est que l'électricité soit rétablie dans tous les foyers malgré les impayés. Il raconte comment une vieille femme a été retrouvée morte de froid chez elle alors qu'il ne faisait que dix degrés dans son logement. Il parle d'une maman qui passe ses soirées dans le noir avec ses trois enfants.

Début d'après-midi, Helmut s'est assoupi sur le divan. Elle, elle trimballe précautionneusement l'escabelle d'un bout à l'autre du salon, grimpe dessus, accroche une guirlande de petites lumières multicolores au travers de la pièce et le long des murs. C'est la fête ! Helmut ouvre les yeux, la voit dressée sur la troisième marche. Tu es belle murmure-t-il. Elle rit. Il aime quand elle rit. Elle sort un plat de fraises du frigidaire et les passe sous l'eau. Les gouttelettes brillent sur la peau rouge des fruits. Elle s'assied près de lui et lui glisse délicatement une fraise dans la bouche, il la laisse faire, mord dans la chair rouge et savoure le jus sucré qui s'écoule sur sa langue.

Elle sort de la maison presque nue, juste avec sa petite robe blanche à fleurs bleues qui lui colle au corps. Les cheveux lâchés, les pieds nus. Elle prend le tuyau d'arrosage, ouvre le robinet et oriente le jet d'eau sur les parterres de fleurs. Elle rit. Elle arrose aussi ses pieds, ses jambes, le bas de sa robe, le gravier, le capot de la voiture, la façade de la maison. Elle met de l'eau partout. De l'eau fraîche et pure comme le bonheur. Elle rit. Répandre de la joie dans les brins d'herbe, dans les petits cailloux, sur la maison. Et sur lui. L'arroser de bonheur. Elle rit. Elle est libre. Il la voit à travers la fenêtre. Il est en train de repasser sa chemise et la voit par la fenêtre. Il maîtrise avec une étonnante dextérité le glissement du fer brûlant sur le coton blanc. L'odeur de la vapeur d'eau et du tissu propre qui chauffe. Dans les plis. Il sait faire. La chemise est parfaite. Impeccablement défroissée, lissée, sans plis, sans faux plis. Soigneusement déposée sur les autres. Une sensation profonde de bien-être. Échapper au chaos. Et il la voit par la fenêtre. Qu'est-ce qu'elle fait maintenant ? Elle met de l'eau partout. Elle est jolie avec sa petite robe qui lui colle au corps, désirable. La vie jaillit d'elle comme l'eau fraîche du tuyau. Mais elle en met partout, nom d'un chien ! Qu'est-ce qu'elle fabrique !

Festival rock. Il se laisse emmener. Des milliers de personnes dans un champ sans herbe. « *A light in the night...* » Les guitares, la foule, juste après que le soleil se soit couché, des milliers de personnes entonnent la mélodie, vibrent, balancent leurs bras en l'air en rythme, sautent comme des balles magiques. Des milliers de personnes qui connaissent les paroles par cœur, qui chantent ensemble. *Fear of the dark.* Les guitares s'emballent, le refrain revient, les tripes sont bouleversées. La musique, le rythme électrisent les corps tout entiers. Ils sont la musique. L'émotion est énorme. Un instant, l'idée que le monde pourrait être différent. Il a retrouvé ses seize ans. Elle vibre, à côté de lui, exactement au même rythme. Ils sont un même corps. Il la serre dans les bras, l'embrasse dans le cou.

III

IL MONTE DANS SA VOITURE, rentre chez lui, dans sa maison vide. Cette nuit il partira pêcher. Il lui faut un temps pour revenir à sa vie à lui. La pêche, la minque, sa maison. Retrouver les gestes qui sont les siens, les habitudes qui rassurent. Parfois, il hésite. Au cœur d'une nuit venteuse, seul dans son grand lit, il tend la main sur le drap blanc, il la cherche dans le noir, sous la couette. Où est-il, son beau corps chaud et tendre, son rire qui résonne dans le noir ?

Alors, quelques jours plus tard, il revient auprès d'elle. Parce que. Sa douceur, sa chaleur, sa tendresse lui manquent. Il apporte du saucisson, des olives et du rosé. Il rit. Il est gai. Il sautille de tous les côtés. Elle se laisse envahir par cette joie. Elle oublie l'attente, les heures de solitude et de silence. Ils vont se promener dans l'arrière-pays, le long du fleuve. Les joncs, les hautes herbes jaunes, la brume, les usines au loin, le clapotis de l'eau. Il lui tient la main comme si elle était une petite fille. Elle est heureuse. L'attraction terrestre n'a plus d'effet sur elle, s'il ne la retenait pas, elle s'envolerait comme un ballon gonflé pour une fête d'anniversaire. Il bavarde, sautant du coq à l'âne. Il parle du métier de pêcheur, il parle des poissons, il parle de recettes de cuisine, il parle de sa maison. Elle l'écoute. Elle rit parfois. Il aime bien quand elle rit. Elle, elle aime sa voix chaude et basse. Tu aurais pu être un chanteur de blues.

Et puis, il retourne à nouveau chez lui avec un sentiment d'absence, qu'il chasse de toutes ses forces. Ne pas perdre le fil. Surtout ne pas perdre le fil. Il range. Il nettoie. Sa maison ressemble à la lingère de sa mère. Il range, puis, il part pêcher. Sur son bateau, sa tête se vide. Son corps reprend les commandes, les gestes viennent tout seuls, naturellement. Il est attentif à tout, en état de vigilance extrême. Le bateau monte sur la vague et redescend. La mer électrise. Son corps s'est habitué, même à ce qu'il croyait impossible. Il décide de prolonger la pêche de quatre heures. Pêcher plus, gagner un peu plus. Il surmontera la fatigue. La mer est blanche d'écume.

Quand elle le voit s'éloigner de dos, sans se retourner, elle sent quelque chose s'effondrer en elle. Elle aimerait le retenir. Elle se dit qu'avec le temps, la confiance s'installera. Avec le temps, elle finira par avoir la certitude qu'il reviendra. Au fur et à mesure pourtant, elle sent disparaître quelque chose de son innocence. Elle referme la porte, erre dans la maison désertée, met de l'eau à chauffer, un verre dans l'évier, un magazine sur le bureau. Des gestes vides de sens.

Et, il revient. À chaque fois, il revient. Il sonne et il attend qu'elle ouvre la porte. Et quand il la voit, dans sa petite robe, pieds nus, les cheveux en bataille. Quand il la voit douce et légère, toujours prête à rire, il sent une grosse vague de bonheur se déverser sur lui, emporter tous ses doutes. « C'est moi ! » Il y a du bazar partout. Des coussins multicolores, des loupiotes de Noël pendues le long du mur, des livres, des magazines, des vêtements. Elle file à la cuisine et sort des tas de trucs du frigidaire, des légumes pré-coupés en sachet, des lardons dans une barquette en frigolite, des herbes séchées dans des petits pots. Elle prend une immense casserole, met un peu d'huile d'olive et ajoute pêle-mêle tous les ingrédients dedans. Alors ses questions reviennent. Que fait-il avec cette fille rousse un peu gauche qui court sans chaussures ? Regarde, j'ai pensé à toi, j'ai acheté deux places pour le concert de Guns 'N Roses, dit-elle en montrant les tickets comme des trésors. Elle a les yeux qui brillent. Qui brillent tellement fort. Il la prend dans les bras, fait glisser ses lèvres sur le lobe de son oreille, elle frissonne.

Parfois, le soir, quand la fatigue étreint son corps, quand le vent menace de tout emporter, quand la brume efface les contours, Helmut retourne au petit bar de marins derrière la minque. L'atmosphère est chaude et enfumée. Il boit une bière, toujours la même, une triple Westmaele, dans un verre spécial de triple Westmaele. Et parfois il en prend une deuxième. Et parfois il parle un peu avec Dalida, une belle femme brune qui traîne toujours par là. Il aime ses formes pulpeuses, la robe rouge qu'elle porte souvent et qui met ses formes en valeur. Il ne fait rien de mal. Il parle seulement un petit peu, c'est tout. Parce qu'avec elle c'est simple, reposant, sans conséquence.

IV

SEIZE ANS. SERVICE MILITAIRE. La caserne est gigantesque. Un petit sergent chétif hurle d'une grosse voix « garde à vous, en avant, marche, un, deux... ». C'est facile ici. Les ordres sont clairs, simples, précis ; les sanctions codifiées à l'avance. Pas d'arbitraire. Pas de bûcheron. Pas de violence menaçant d'exploser à n'importe quel moment. L'envers du miroir, l'autre face du monstre qui annihile tout sur son passage, l'autre face de la terreur qui mange les entrailles. Une nouvelle vie commence. Tout est connu à l'avance, les obligations, les punitions. On sait. Une idée de l'ordre. Des draps bien rangés dans la réserve de l'intendance. Tellement facile. Le corps se relâche. La respiration se ralentit, devient régulière. Une tranquillité inconnue. Peut-être même un sentiment de paix intérieure. Garde à vous. Les muscles se contractent juste ce qu'il faut, pas plus. Tellement facile. Helmut est heureux.

Il aurait pu devenir militaire, il a choisi la pêche. À cause de la mer, des poissons, d'un rêve de sirène peut-être. Parce qu'avec les poissons, il sait qu'il sait faire. Et puis, il y a le vent. La confrontation aux forces brutes de la nature. La mer. Un monstre d'eau déchaîné. Il est engagé comme matelot polyvalent dans l'équipage d'Ed Bloom, un ancien boxeur tout tatoué, reconverti dans la pêche côtière. Ed a eu une vie incroyable qu'il raconte pendant des soirées entières en buvant du rhum. Des matches de boxe clandestins, des combats de chiens sauvages, du trafic d'armes avec des Polonais ténébreux, une histoire d'amour passionnelle avec une prostituée chinoise unijambiste, des années de prison, la pêche dans les eaux glacées d'Islande... Sa vie ressemble à un film de cinéma. Personne ne sait la part de vérité et d'invention. Parce que Ed, il raconte bien. Seul Helmut reste hermétique. Il ne croit pas à l'aventure. Il s'est acheté une salopette-ciré jaune, une veste, des bottes de caoutchouc, un bonnet en laine. Il monte à bord, il apprend. Il apprend vite. S'éloigner de la forêt fantasmatique et obscure un pas après l'autre, entrer dans la vie, sa vie. Il rêve d'un petit chalutier qui serait à lui. Il sort en mer à chaque occasion, il économise chaque centime, il vit aussi frugalement que possible. Et quand il reste à terre, il étudie pour obtenir son brevet de capitaine. Pendant des années. Des années dures. Des années d'abstinence. Des années de non-vie.

Comment a-t-il supporté cela ? Où a-t-il puisé la force ?

Et un jour, dans un petit bureau éclairé par un néon cru, un vilain petit homme chauve et bavard répandant une odeur entêtante d'eau de Cologne rance lui octroie un prêt bancaire, un prêt qu'il rembourse encore aujourd'hui, un prêt avec lequel il a acheté un tout petit chalutier de quinze mètres de long, en bois bleu et blanc, sur lequel il embarque seul, un tout petit chalutier qu'il choie comme son propre enfant.

Ciel lourd, presque brun. Crachin qui mouille. Le chalutier est arrimé dans la rade. La peinture extérieure blanche et bleue mériterait d'être rafraîchie. Surtout la partie blanche tachée de rouille. Il repeindra. Quatre bouées orange de chaque côté. Helmut enjambe la coque, descend les trois marches. D'emblée les relents prégnants de fuel et de poisson. Helmut retranché en lui-même, coupé des émotions, observe les moindres détails. La peinture bleu clair du pont, fortement écaillée. Le bois à nu ici et là, noirci par les poissons des pêches successives qui y ont été déversées. Un bac à filet en bois bleu avec les chevilles rouillées. À l'arrière, le treuil, l'enrouleur de chalut, le portique et le tapis de triage. Il inspecte. Une pile de casiers multicolores pour stocker les poissons selon leur taille. Dans la cabine, un fauteuil vert olive en faux cuir fendillé et éventré. On y voit la marque de générations de marins qui s'y sont assis. Et le tableau de bord. Il s'assied. Pose les mains sur les boutons et les écrans, comme pour les apprivoiser. La radio afin de communiquer avec la capitainerie. À droite, une cafetière électrique, une petite étagère, un pot de Nescafé, deux tasses en fer blanc. Et puis le moteur.

Il retourne au port. Entre dans la boutique du marchand turc. Une bouteille de mousseux. Fait sauter le bouchon. Arrose le bateau. Boit une grosse gorgée, manque de s'étrangler. Vide la bouteille sur le pont. Il l'appellera Mie. Il est effrayé. Il est heureux.

Rester face à la vague pour ne pas trop gîter, ou la prendre de côté pour ne pas retomber trop brutalement derrière elle. Un des câbles auquel est pendu le chalut se brise. Helmut remonte le filet à toute vitesse. Réparer. Temps perdu. Une lame arrive par derrière et le bateau part en surf. Helmut serre les dents. Il est trois, quatre marins à lui tout seul. Faire redescendre le chalut dans l'eau.

Du métal symphonique enveloppe les corps, les fait vibrer à l'intérieur. Une foule réagit au quart de tour. Une cage grillagée haute de plus de quatre mètres. Le spectacle commence quand l'homme masqué surnommé Mankind grimpe sur le côté de la cage jusqu'au sommet. Noir. Flash de lumière, coups de tonnerre, lueurs bleutées. La musique tord les tripes. L'Undertaker avance lentement, la tête haute. Magistral. Il grimpe à son tour sur la cage. Alors, les hommes s'affrontent, lentement, comme dans un film au ralenti. Un combat de dieux mythiques avec du matériel de cuisine. Du bricolage. Ici, il n'y a pas de règles, pas de codes, pas de protocoles mal-connus. Ici, tout est permis, tout est possible. On déborde librement, on est hors de la cage. Ici, on vomit sans parodie toutes les frustrations du monde, d'un seul coup. On vomit en un jet toutes les violences feutrées et destructrices. Mankind frappe la tête de l'autre avec sa chaise en plastique. Le grillage s'enfonce sous leurs pas. Puis, l'Undertaker, de ses gestes lents, jette son adversaire au bas de la cage… Et Mankind tombe de plus de quatre mètres de haut… Et tout se fige… Pause… Les secours arrivent, les médecins, des autres catcheurs. On retourne l'homme sur le dos, on lui enlève son masque. On n'est plus dans le jeu, là. On a dépassé les limites. On s'est enfoncé profond dans l'inacceptable.

Brouhaha. On emporte l'homme sur une civière. L'Undertaker reste debout sur la cage, il marche posément. Un cri de femme fend l'air. Et alors, Mankind se relève, descend du brancard, escalade à nouveau le grillage, remonte sur la cage. Et le combat reprend. Et Mankind, passant au travers du grillage, tombe, une deuxième fois, de plus de quatre mètres de haut... Et la foule hurle... Et à nouveau, Mankind se relève, à jamais debout, toujours prêt à se battre. Entre faux sang et vraies chutes, combien de coups faut-il encaisser pour devenir un héros ? Combien de coups faut-il encaisser pour devenir un homme ?

Le vent hurle, les vagues se fracassent sur la coque de bois. Le moteur vrombit inlassablement, les mouettes crient à fendre l'âme. Et l'odeur. L'odeur de la mer, du mazout, de l'huile de moteur. L'odeur du poisson qui imprègne tout, pour toujours, malgré les longues douches brûlantes, malgré le savon de Marseille. Les effluves de la mer marquent la peau des marins comme une empreinte indélébile. Minuscule bateau de bois au milieu de vagues gigantesques qui se dressent l'une après l'autre tout autour de lui. Perdu en mer. Elles pourraient le faire tourbillonner jusqu'à l'emporter dans leurs limbes, à l'origine du monde.

Quand Helmut part pêcher, il ne pense pas au danger. Pourtant le métier est plus dangereux que les autres. Habituellement, il arrive au port, prend un café double expresso noir dans la brasserie « Au vent du Nord » qui fait face à la mer, puis monte sur son bateau, enfile son pantalon ciré jaune, ses bottes, sa veste, son bonnet de laine, il désamarre et se laisse emporter par la mer. C'est elle qui décide. Elle fait comme elle veut, elle fait ce qu'elle veut des hommes. Elle leur promet des bonheurs plus grands qu'un lever de soleil en hiver, elle les ballotte comme des petits bouchons insignifiants, elle les avale puis les recrache. Et lui, il ne pense pas. Il fait ce qu'il faut faire, c'est tout. Et il revient. Il revient chaque fois. Et il est fier.

Trois heures du matin. L'air est froid et humide. Parfois, il arrive à surmonter la fatigue, à oublier, mais aujourd'hui, son corps est lourd à mouvoir, son cerveau embrumé. Des microsecondes d'inattention. Tous les jours depuis plusieurs mois, sans répit. Il dit, je dois ralentir. S'assied sur le pont et regarde les mouettes voltiger. Il fait demi-tour.

C'est comme des petites parenthèses. Des bulles de savon qui s'envolent dans la lumière, puis qui éclatent. Disparues sans laisser de traces. Il passe une soirée chez elle, dort en la tenant serrée dans ses bras, le visage perdu dans ses cheveux roux. Et après, il repart.

Elle, elle traîne dans le salon, pense à lui. Elle voudrait qu'il soit là. Elle met un vieux trente-trois tours des Guns'N Roses, elle danse pieds nus. Discrètement d'abord, puis elle s'emporte. Les riffs de guitare lui donnent la chair de poule. Elle se laisse emporter, comme si elle était possédée. Elle danse de tout son être. Le feu dans le sang. Elle pense que la musique et l'amour sont une même chose. C'est comme plonger dans l'eau douce de la piscine. Elle se sent vivante. Elle danse, se déchaîne. Elle voudrait qu'il soit là avec elle. Elle voudrait qu'il la prenne dans les bras.

Les traites. Les conditions météo. La mer qui se démonte parfois. L'entretien du bateau, les pannes, les avaries. Les jours sans revenus parce que le temps est trop mauvais pour sortir. Un chalut qui s'accroche dans le fond marin et se déchire, un incendie, un échouage, un tuyau qui casse, de l'eau qui monte dans la cale, du bois qui pourrit, une chute dans la mer. Et aussi la concurrence de la pêche industrielle. Les directives européennes qui imposent des quotas sur les tailles et les quantités de cabillauds, de merlans, de merlus, d'églefins, de soles, de plies, de rougets qu'il est permis de pêcher. Les cours du prix des poissons qui dégringolent soudain. Le prix du fuel qui augmente.

Médecin agréé, contrôle médical bisannuel obligatoire pour les marins-pêcheurs. Sa vie dépend d'un seul mot. Le mot que le docteur va prononcer, là maintenant, dans un instant. Ou non. « Apte ». Sinon qu'adviendra-t-il de lui ? Un jour, la sentence tombera comme un couperet. Une porte qui claque, se ferme à jamais. À cet instant, il pense à la douceur de sa peau, ses mains qui caressent délicatement son visage, son odeur. Il a envie qu'elle soit là. Il a envie de sa tendresse. L'entendre dire, ça va aller, ne t'en fais pas. « Apte ». Deux ans d'avenir. Il ne peut s'empêcher de sourire, se redresse tout droit.

Il pense à elle. Toute cette sensualité, cette langueur. Un état de nature. Une forêt sans bûcheron. Quelque chose de très ancien, presque originel. Il n'y a pas de règles ici. Tout s'enchevêtre en un beau désordre. Et lui ne peut pas. Il sait, dans sa chair, combien le chaos annihile. Mais la douceur. Et la tendresse qui va avec. On verra plus tard. Cette nuit, il ira dormir dans ses bras.

V

Le vent se calme et tout semble différent. Helmut trie les poissons avec une rapidité étonnante. Les gestes se sont inscrits dans son corps jusqu'à le façonner. Il travaille plus vite qu'une machine. Les quotas européens d'espèces et de tailles, pour protéger l'environnement, sont de plus en plus stricts. Et la loi oblige à rejeter dans la mer les poissons qui ne correspondent pas. Même s'ils sont déjà morts. Des lois de bureau. Du salaire par-dessus bord, disait hier avec colère un pêcheur accoudé au bar. Quelle tristesse. Et une nouvelle loi imposera bientôt de ramener les rejets au port, de ramener des poissons morts invendables. Helmut ne sait pas où il les stockera parce que son bateau est trop petit.

Il a fait une folie. Il s'est offert un sondeur à écran couleur. Il n'avance plus à l'intuition. Il voit maintenant très exactement la profondeur, l'aspect des fonds, les bancs de poissons, les écueils. Il est tout fou.

La tempête survient sans prévenir. En un instant, tout devient sombre, un éclair craque, une pluie torrentielle se déverse comme si on avait éventré des nuages géants, le vent venu d'on ne sait où souffle avec une violence effroyable, des vagues immenses se dressent, s'effondrent et se reforment. L'eau s'infiltre partout. Sous la veste cirée, dans les bottes. Il pense qu'il va mourir. L'odeur de gasoil devient insupportable. L'hypothermie s'empare brutalement de lui. Partager un verre de whisky avec le diable pour se réchauffer. Il serre les dents, contracte les muscles. Ne pas laisser le froid l'emporter.

Les cloches, le tonnerre, la foudre. Le monde s'embrase. Les spectateurs frappent dans les mains, hurlent, se lèvent par vagues, bras levés. On dérape. Paul Berer, petite moustache noire, gras et peau blanche tente une alliance sur un chantage. L'Undertaker aurait brûlé la maison familiale avec ses parents à l'intérieur. Faits divers, ragots, médisances, drames inavoués. Ce qui se passe derrière les portes, derrière les volets. Caricature outrancière des faits divers des journaux. Et l'Undertaker nie. Il n'y a rien à révéler. Kane, prince de destruction, bête sauvage, masque rouge mexicain sur le visage, saute par-dessus les cordes. Le tour du ring est en feu.

On est au cœur de l'enfer. Des forces venues de la nuit des temps s'affrontent. Mais la vie est une farce. Ici, on ne croit pas, on joue. Kane atterrit sur la table de mixage, l'Undertaker lève le bras pour détourner sa trajectoire. La botte de Kane prend feu. La foule crie plus fort.

Après trois heures, relever le chalut, lâcher les poissons sur le tapis de triage et les trier par espèces dans des bacs de plastique de couleurs différentes, les laver au jet d'eau, les recouvrir de glace. Par tous les temps.

Nuit dans les bras d'une femme rousse. Pas envie de parler. Rien. Juste une parenthèse. Reprendre son souffle, reprendre ses forces, avant de reprendre la mer, sa seule vraie maîtresse.

Réunion du syndicat des marins-pêcheurs dans un petit local derrière la minque. Salle carrelée, murs jaunasses, lampes néons, radiateurs en fonte trop petits pour chauffer l'espace, vieilles chaises d'école disposées en arc de cercle face à une petite estrade. Sujet du jour, les *rock-hoppers*, ces roues de caoutchouc qui font sauter les filets sur les fonds marins, réduisant ainsi les impacts et donc la détérioration des sols. Helmut reste dans le fond de la salle, debout contre le mur. Il observe et il écoute. Il ne dit rien. Il salue seulement les quelques pêcheurs qui viennent vers lui. La discussion s'anime vite. Certains crient, d'autres cherchent à comprendre, expliquent, crient à nouveau, réexpliquent. Et pas à pas les enjeux se donnent à voir. Le débat porte maintenant sur les mailles des filets qui doivent être adéquates pour limiter la capture des poissons trop petits et ainsi les laisser nager vivants en mer. Helmut est toujours adossé au mur, silencieux.

Retour à bord de son bateau, seul dans l'immensité marine, les yeux fixés sur l'horizon, le goût du sel dans la bouche, l'odeur indéfectible de gazoil et de poisson mêlée, une petite brise légère sur le visage, comme le souffle d'un drap qu'on ferait voler.

VI

Minuit deux. Bulletin de mer. Grand frais à coups de vent en cours ou prévu. Situation générale : évolution : dépression complexe 974 hectopascals au nord-est de l'Islande se décale vers l'est en se comblant et prévu 986 hectopascals à trois cents milles au nord-est de la Norvège demain après-midi, puis s'évacuant par le nord.

Assis dans la cuisine, Helmut boit un café fort et brûlant. La radio crachote le journal de la météo maritime. Il est nerveux. Cela fait douze jours maintenant qu'il n'est pas sorti à cause du mauvais temps. C'est long. Le manque à gagner est important. Aujourd'hui, il va prendre le risque, même si la météo n'est pas propice. Il descend au port, le sac sur le dos. Il est un marin expérimenté qui prend la mer. Bref arrêt à la brasserie « Au vent du Nord ». Par la fenêtre, il regarde la mer déchaînée, brutale. Les vagues s'élèvent vers le ciel dans un ricanement furieux, infiniment puissantes. La mer est la plus forte, il le sait bien. Il pense aux traites.

Qu'est-ce qu'il reste sur son compte en banque ? Il se redresse, fixe un instant l'horizon. Il est un marin expérimenté. Le bateau file, déséquilibré par le roulis et le poids du chalut. Les lames s'abattent avec une violence terrifiante. La brume et la pluie rendent la visibilité quasi nulle. Les rafales de vent le surprennent. La mer s'emporte, colérique et indomptable. Il relève le chalut, s'harnache pour ne pas glisser. Le brouillard s'épaissit. Soudain, un choc. Une collision. Un chalutier plus grand a percuté son flanc. Les hommes crient à travers la pluie et la grisaille. Le moteur hoquette, la coque est abîmée, elle laisse passer l'eau. Une vague énorme s'abat. Un homme bondit à ses côtés, sur son pont. Tout va très vite. On remonte son chalut à toute vitesse, on le tire à l'horizontale afin qu'il se retrouve au-dessus du pont de l'autre bateau, on l'ouvre pour laisser les poissons se déverser sur le tapis. Sa pêche est sauve. Un autre marin appelle les secours avec la radio, on amarre son bateau avec des câbles, on trie la pêche sauvée dans des bacs. « En mer un marin ne laissera jamais un autre marin dans la difficulté. » Helmut est nerveux. Flagrant délit de faiblesse. Il déteste ça. Regarde le bout de ses chaussures. Reste debout, extatique malgré la tourmente. La poussière blanche de la route, le cuir usé au niveau des trous qui laissent passer les lacets, et le regard des autres braqué vers lui. Helmuuuut. Il relève les yeux, ses beaux yeux bleus lavés par la mer et le vent. Il regarde très loin devant. Posture militaire, la tête parfaitement droite. Merci. Merci, marin d'avoir sauvé un autre marin. Sa voix n'est ni douce ni chaleureuse. Elle est vide. Même si, comme tous les autres, il est fier de la devise, « en mer un marin ne laissera jamais un autre marin dans la difficulté ».

Les secours arrivent, son bateau est remorqué jusqu'au port. La pêche est sauvée mais la coque est lourdement endommagée. Le prêt. L'odeur entêtante de l'eau de Cologne du banquier. Fatigue de plomb. Il ausculte le trou sur le flanc du bateau. Laisse glisser sa main sur le bois. Son corps balayé par les vents vacille. Le bruit du vent. Ce sentiment de rage, d'impuissance. Le monde, la mer sont plus forts. Cette bataille, cette lutte incessante qu'il mène depuis des années. Tout s'effondre, une vague plus brutale, un autre bateau. Il suffit d'un rien, une rafale un peu plus forte, une houle plus profonde, une lame plus vigoureuse, une minute d'inattention. La mer est toujours la plus forte. Les marins de l'autre bateau déchargent ses poissons. Il les porte lui-même dans la minque, essaie de ne pas penser, cherche à respirer doucement. Une serre de rapace agrippe son cœur et ne le lâche plus. Il n'entend pas ce que dit le peseur, les serres s'enfoncent plus profond, le cours des différentes espèces, le montant qu'on lui propose. Il n'est plus là. Ses pas, sans qu'il sache comment, le ramènent chez lui, dans son lit. Le corps, la tête sous la couette. Il disparaît.

Elle pose ses mains sur son visage. C'est elle ? Oui, c'est elle. Il entend son rire résonner telles des clochettes. Pourquoi rit-elle ? Le son se déforme comme dans un enregistrement qui passerait au ralenti. L'air devient sombre et glauque. Elle ricane. Elle grince. Son visage se déforme. Qui est derrière le masque ? Des monstres surgissant par paquets, de tous les côtés, venus du bal du rat mort. Ils tourbillonnent en une danse endiablée autour de lui. Ils le poursuivent, ils se moquent. Et elle est parmi eux, sorcière aux pieds nus et au visage tordu, effrayant, s'approchant tout près de lui, soufflant une haleine fétide de vieux bouc. Son bateau ? Où est son bateau ? Combien de coups faut-il encaisser pour devenir un homme ?

L'ingénieur tourne autour du chalutier avec l'air de celui qui sait. Il note de temps à autre des choses dans son carnet. Des chiffres ou des mots. Il ne se laisse pas distraire. Il monte sur le bateau, descend voir le moteur. Helmut cherche des signes sur son visage, un diagnostic. Il inspire profondément. Il est un funambule. Sa vie se joue là, dans ce petit carnet recouvert de hiéroglyphes étranges. Je vous enverrai un devis. L'ingénieur, beau costume, air distant, voix fluette, est déjà parti vers un autre bateau, vers une autre vie en train de vaciller. C'est son travail à lui, ses jours routiniers pareils les uns aux autres. Il met ses connaissances, son savoir, au service de ses clients. Il élabore des propositions savantes, établissant des liens entre la résistance du bois, la vitesse de pourrissement, la pérennité des nouvelles résines, toutes ces choses qu'il connaît depuis longtemps sur le bout des doigts.

Si le devis est trop cher, s'il ne trouve pas l'argent...

Le coup de hache décisif qui fera s'abattre le chêne majestueux. Le cri du bûcheron pour prévenir les autres que l'arbre va tomber. Un fracas monstrueux. L'arbre est à terre, vulgaire bout de bois. Le bûcheron est le roi de la forêt.

> « La légende raconte que Robert Jonhson a rencontré le diable au croisement de Friars Point et de Sixty One Road, vers minuit. Le diable lui a pris sa guitare, l'a accordée, a joué un morceau... Et la guitare a continué à jouer toute seule par magie. C'était le deal. Robert Johnson pouvait jouer comme personne d'autre en échange de son âme ». *Crossroads Blues*, film de John Doe, 2010.

Helmut, lui, seul, enfermé en lui-même, serre les dents en silence et se redresse, droit comme un militaire au salut.

Elle laisse le téléphone sonner longtemps. Puis elle rappelle une fois encore. Il ne répond pas.

Et tout est silence. Effrayant. Elle sait pour le chalutier. Elle sait son âme meurtrie, anéantie. Elle comprend. Elle voudrait juste qu'il lui dise qu'elle compte encore. Rien de plus, dit-elle. Elle regarde son propre visage dans le miroir. Elle regarde avec ses yeux à lui. Et elle ne voit rien.

Le devis est sur la table. Sous la bouteille d'eau pétillante. Il sort. Il y a du bois à débiter. La bûche sur la souche. La hache levée haut. Han. Tranchée d'un coup. La bûche suivante. Han. Son bateau... Sa vie... L'arbre couché à terre... Une nouvelle bûche. Han.

On voit souvent quelque marin marchant le long de la mer en titubant. Mort saoul. Nausée. L'alcool détruit. Tout le monde sait ça. La mer aussi. Il y a plein de marins qui boivent trop, qui fument du cannabis, qui prennent de l'héroïne, qui s'étourdissent jusqu'à ne plus savoir. Pour échapper. Parce que les vagues sont trop puissantes, la houle trop forte, et les hommes trop petits. Parce qu'en mer, rien n'est stable, jamais. Tout le monde sait ça. La mer est toujours plus forte. Helmut résiste. Il boit de l'eau pétillante.

Un minuscule crabe traverse la plage de son étrange démarche latérale.

Helmut a treize ans. Quatorze peut-être. Le vélo rouge est devenu trop petit. Mais il n'en a pas d'autre. Et ses mollets se sont drôlement fortifiés. Il file. L'aigle de Tolède. Toujours. Le vent dans la figure. Il file, prend la bordure, un pavé trop saillant, une petite souche, que sais-je. Le vélo glisse, s'écrase sur le sol et Helmut part en vol plané s'enrouler autour d'un poteau de signalisation. Sens unique. Le grand Jo éclate de rire. Helmut n'est pas blessé. Peut-être un organe interne, mais ça, personne ne le saura jamais. Il se relève immédiatement et reprend son vélo. Son vélo trop petit et rouillé par endroits. Il remonte sur la selle, lève la pédale droite, appuie dessus de toutes ses forces. Il repart à la vitesse du vent vers sa destinée, lève un doigt en direction du grand Jo. « *Everybody knows that the captain lies* » chante-t-il à tue-tête. Tout le monde sait que le capitaine ment.

La femme brune du bistrot sonne à sa porte. Elle s'appelle Dalida, ou quelque chose comme ça. Elle se tient là devant l'entrée en souriant, dans sa belle robe rouge, une bouteille de rhum à la main. « J'ai pensé qu'un petit verre... » Elle n'est pas compliquée, elle entre d'emblée, va dans la cuisine, prend des verres dans le placard, revient et les remplit. La boisson des pirates, chaude comme l'enfer, brûlante comme le désir, transparente comme le péché. Et elle remplit à nouveau les verres. Un goéland blessé marche maladroitement sur la pelouse en poussant des cris rauques. Le vent est tombé. L'espace s’assouplit. Les cheveux bruns de la femme semblent incroyablement luisants. Elle croise les jambes.

VII

Pieds nus, les cheveux roux en bataille, assise par terre au milieu du salon. L'absence laisse un vide ravageur en elle. Le souffle coupé en permanence. Tout est cassé à l'intérieur d'elle. Parfois elle pleure. Et de temps en temps elle l'appelle, même si elle sait qu'il ne répondra pas. Elle attend. Une outre retournée sur elle-même, devenue inutile.

Son amour reste entier, comme le cadavre d'un animal renversé par une voiture, encore mou, qui serait resté sur le bas-côté de la route.

La serveuse, Cristal, derrière son bar, passe la lavette sur l'évier en inox, un geste mécanique. Le café est vide. Dehors, il pleut. Elle pense que Lambert, son amoureux, ne l'aime plus. Elle est hantée par les images des migrants entassés les uns sur les autres dans des bateaux minuscules, des bateaux qui coulent. Des hommes, des femmes et des enfants que l'on n'arrive pas à sauver. Des hommes, des femmes, des enfants qui se noient. Là-bas, la mer est devenue un cimetière. Là-bas, les pêcheurs ramènent des poissons pêchés dans un cimetière. Le fond de la mer jonché de corps. Elle pense qu'elle devrait accueillir un migrant chez elle, dans son petit appartement, pour qu'il ne dorme pas dehors, pour qu'il ne meure pas de froid. Elle range les trois verres qui reposent à côté de l'évier et repasse un petit coup de lavette.

L'eau de Cologne dégage une odeur plus poisseuse encore que dans son souvenir et la lumière crue ressemble à celle de la vitrine du boucher projetée sur les morceaux de viande sanguinolente. L'homme au crâne luisant fait défiler les pages sur son ordinateur. Il est concentré, note des petits calculs sur une feuille de papier. Il fait la moue, se gratte l'oreille, retourne à son écran, consulte de nouvelles pages. Helmut ne dit rien. Il respire lentement alors que son cœur cogne comme un fou à l'intérieur, contre sa poitrine. L'homme soupire. Helmut respire. « Je ne vois pas de solution », dit finalement l'employé de banque en levant les yeux vers Helmut. « Votre dette est trop grosse, vos garanties insuffisantes. Nous ne pouvons pas vous aider. Vous m'en voyez navré, mon cher monsieur. » Helmut a envie de vomir. Est-ce que son cœur va exploser ?

> « Beaucoup de gens se demandent : "Qu'est-ce que le blues ?" J'entends

> beaucoup de gens dire “le blues, le blues”, mais je vais te dire ce qu’est le blues. Quand on n’a pas d’argent, on a le blues. Quand on n’a pas d’argent pour payer le loyer, on a encore le blues. Beaucoup de gens disent “Je n’aime pas le blues”, mais quand on n’a pas d’argent, qu’on ne peut pas payer le loyer et qu’on ne peut pas acheter à manger, on a le blues. Si tu n’as pas d’argent, tu as le blues, parce que tu penses mal. C’est exact. Chaque fois que tu penses mal, tu penses au blues. » – enregistrement de Howlin’ Wolf, 1966.

Le trottoir, l’air frais, le vent. Il s’appuie contre le réverbère. Son téléphone sonne dans le fond de sa poche. Une boule noire et poisseuse grandit dans sa poitrine, s’écoule dans ses membres. Il se dépêche, rentre chez lui, dans sa tanière, ferme la porte, personne ne doit voir, personne ne doit savoir.

Vente aux enchères sur le quai, un petit chalutier en bois bleu et blanc, bon état, un gros trou dans la coque à cause d’une collision et quelques pièces à remplacer dans le moteur. Presque rien. Une belle femme aux longs cheveux roux, une femme douce, se tient toute droite, un peu en retrait derrière la foule. Une larme roule sur sa joue. Il n’y a qu’un seul candidat à l’achat. Un très jeune homme. Presque un enfant, du feu dans les yeux. Une rage de vivre. Il ressemble peut-être à Helmut jeune. La même fougue. La même détermination. Lui, il s'appelle Joey. Il fait une très bonne affaire. Il achète un bateau pour trois fois rien. Une très bonne affaire. Un bateau. Un bateau qui sera à lui. Rien qu'à lui. La femme rousse s'éloigne d'un pas lent.

Helmut regarde le sol, s'enfonce sous la couette. Il sort, coupe du bois. Rentre et retourne sous la couette. Parfois, il tend le bras sur le drap blanc. Sa main cherche un corps doux et chaud qui n'est pas là. Un rire frais qui dirait que c'est encore possible.

Elle marche sur la plage, le ciel est bleu. Totalement bleu.

Helmut repasse ses habits. Il repasse des habits déjà repassés. Peut-être un huissier viendra lui prendre sa maison pour rembourser le prêt du bateau. Le fer glisse élégamment sur le coton blanc des chemises. Il sait faire. De temps à autre, il lève les yeux pour regarder la rue silencieuse. Tout est tranquille. Un petit garçon juché sur un vélo trop grand passe à toute vitesse. Nouvelle chemise. Personne ne doit savoir. Un rire qui dirait que c'est encore possible. Le petit garçon passe à nouveau sous la fenêtre. Plus vite.

Nuit d'orage. Il y a une femme qui laisse couler des larmes silencieuses seule dans son lit. Elle se sent comme au rayon des objets trouvés, ceux que personne n'est venu réclamer. Un terrain vague. Il pleut à verse dans la nuit noire. Tout est trempé. Y a-t-il quelqu'un quelque part.

Réitérer la demande. Encore. La main sur la porte de bois recouverte d'une plaque de polyuréthane blanc luisant. Le reflet de sa silhouette. L'idée d'un soi délité, un être dégoulinant, sanguinolent. Demander. Mendier. Encore. Un morceau de viande dans la vitrine du boucher. Les services d'aide des organismes publics. Une gentille dame en robe à fleurs rouges et orange lui explique les formulaires à remplir. Et la énième réponse négative. La plage déserte noyée dans le brouillard. Il coule. La ligne d'horizon s'efface. Ne reste qu'un espace indifférencié, un terre-mer. Le vent est tombé. Un sanglot étouffé. L'espace est minuscule. Oublié. Disparu.

Hors-jeu. Bancs de touche. À quoi ressemblent les coulisses d'un match de catch ? Des hommes loyaux, solidaires qui partagent un sport, un art du spectacle aussi populaire que méprisé. Des amitiés en *backstage*. Des plaisanteries potaches, des fous rires. Le combat est seulement sur la scène. On voudrait y croire.

Par la fenêtre, il voit le voisin. Affairé le matin avec ses enfants, le soir au retour du travail, le week-end avec sa famille et ses amis. Il le voit se disputer avec sa femme, se réconcilier, la serrer très fort dans les bras. Il le déteste. Terré. Sa rage éclate contre les murs du salon. La honte lui ronge les entrailles. Les portes se referment. Le monde est fait pour les autres.

> Riff métallique sur cloches d'église. Cris du public déchaîné. Grand chapeau noir et long manteau de cuir, la silhouette de l'Undertaker dans la lumière bleue passe au travers d'une haie de flammes. *Oh ! My God. The one, the only.* L'homme qui ne meurt jamais renaissant de ses cendres. Et soudain, surgit un deuxième Undertaker. Un double parfaitement identique. Les deux géants se font face, s'affrontent. Trois Tombstones coup sur coup. Une lutte contre soi-même, en miroir, plus brutale que jamais.

Coup de sonnette. Une belle brune, une bouteille de rhum à la main. Elle est revenue. Encore. Dalida. Elle entre, prend des verres dans le dressoir, s'assied. Elle porte de magnifiques boucles vertes aux oreilles qui lui donnent un éclat particulier. Elle raconte les cancans du port. Le boiteux a pêché un cabillaud énorme. Les jeunes frères Demulder vendent du matériel hifi à prix cassés.

Un phoque s'est échoué à quelques mètres de là. Elle parle seule, sans se soucier d'être écoutée. Elle sait qu'elle a des cheveux luisants et des rondeurs. Il avale le rhum d'un coup.

VIII

CINQ HEURES DU MATIN, L'HEURE BLEUE, on n'entend que le vent et le ressac. Helmut marche d'un pas décidé jusqu'à la banque. L'état des comptes. Le sommeil qui le déserte. L'angoisse est oppressante. Faire face. Ses doigts tremblent sur le clavier de l'automate. Au bord du malaise. L'huissier n'a pas pris la maison. Le poids qui écrasait sa poitrine se dissout. L'air est léger. Mais la dette est énorme. Comme celle d'un pays. Prête à engloutir sa vie.

Le vent souffle et la vie est bien accrochée. Helmut planté au milieu de la tornade, droit comme un piquet. Un tout petit port, à cinquante kilomètres de là. Il cherche de l'embauche. Parle avec l'un, l'autre, un troisième. Jour après jour, jusqu'au jour de chance. Un chalutier de grande pêche. Des sorties en haute mer pour une dizaine de jours. Il fera le cinquième sur un équipage de cinq. Comme un petit jeune. Retour à la case départ. Il se tait, serre les dents. Ses beaux yeux lavés par le vent et la mer regardent en dedans. Ne rien montrer jamais.

Il sait le chagrin d'une femme rousse. Il serre les dents. La vie est une pute. Il ne peut pas donner ce qu'il n'a pas. Ça passera.

« Écoute notre prière. Pour les marins embarqués. Ramène-les tous à terre. Corps et âmes protégés. »

Les jours, les semaines, les mois. Elle marche sur la plage et le ciel est bleu. Un petit rayon de soleil encore timide lui chatouille la joue. Elle retire ses chaussures. Le sable sec, les petits coquillages cassés, le dessin des vagues sur le sable mouillé. Des effluves de poisson et d'eau mélangés. La mer. Et le soleil qui lui chatouille la joue.

« Écoute notre prière. Pour les marins embarqués. Ramène-les tous à terre. Corps et âmes protégés. »

Elle est là sur le trottoir, de l'autre côté de la rue, en face de sa porte, à contre-jour, les cheveux lâchés, sa petite robe blanche avec des fleurs bleues. Presque nue. Depuis combien de temps ? « La marée, je l'ai dans le cœur ». À contre-jour. Il repasse au premier étage, face à la fenêtre. Il plisse les yeux, ébloui. Il se brûle la main, se redresse, regarde la blessure. Elle s'en va déjà, s'éloigne d'un pas lent et irrémédiable.

Chaque nouvelle vague recouvre un château de sable abandonné au crépuscule. Elles lissent les grains et emportent une tour. Le pont-levis s'est effondré. Des kilomètres d'ourlets. Un arbre qu'on abat. Et puis, rien.

Le rire cristallin d'une femme-enfant.

Il regarde les filles. Le samedi matin quand il accompagne sa mère au marché, il regarde les filles qui vendent des fruits. Celles qui ont les mains rougies par l'humidité et les écailles de poissons. Celles qui crient trop fort le prix des crevettes et essuient leurs mains sur leur tablier. Les grandes filles qui traînent là, se murmurent des espèces de secrets à l'oreille en éclatant de rire. Il fait semblant de rien, se tient bien droit et suit sa mère. Il porte les sacs.

> L'Undertaker est ami dans la vie avec ses adversaires. Sans son costume d'apparat, sans maquillage, à l'état brut, l'Undertaker a une réputation de vrai gentil. C'est un homme loyal et simple. Ces hommes qui s'affrontent sur le ring avec une brutalité inouïe forment une vraie bande d'amis liés à la vie à la mort. Et tant pis, si c'est un cliché facile.

Helmut voit passer un petit garçon à vélo sous sa fenêtre. Un tout petit garçon qui roule déjà à la vitesse du vent.

Des planches éparpillées dans le garage. Des planches pour construire un bateau. Un rêve de bateau. Il les trie, les range soigneusement. Les laisse tremper dans l'eau plusieurs jours pour les arrondir. Il ponce, lisse. Fait les découpes compliquées avec la scie sauteuse, tranche net avec la scie circulaire. Enchâsse des languettes dans des rainures. Fait des assemblages avec des chevilles, des tenons et des mortaises. Il reponce encore. Lisse. Veut son travail parfait. Un bateau. Son bateau. Le mois prochain, après la paie, après avoir remboursé la banque, il ira acheter des pâtes pour manger et quelques nouvelles planches pour le bateau.

Douce soirée de printemps. Coucher du soleil. Le ciel prend des teintes rose et orange vif. L'air est encore frais. Helmut sort du garage. Des jours, des semaines, des mois sans voir personne à l'exception des quatre autres marins avec lesquels il travaille. Descente en ville. L'air de la rade. Le regard des passants. Mer d'huile. Le petit bar derrière la minque. Il ne s'arrête pas. Il enlève ses chaussures, marche pieds nus sur le sable. Cela ne lui ressemble pas. Il ne fait jamais ça. Elle serait à l'autre bout de la digue. Et elle courrait. Plus vite. Elle courrait vers lui, pour le retrouver, pour se jeter dans ses bras. Et elle rirait. Ses longs cheveux roux en bataille voleraient dans le vent. « *And now I don't know why she wouldn't say good bye. But then it seems that I had seen it in her eyes* ». Et maintenant, je ne sais pas pourquoi elle n'aurait pas dit adieu. Mais ensuite, il semble que je l'avais vu dans ses yeux.

Il pose le doigt sur la sonnette, hésite, appuie. Comme si de rien n'était. Comme si le temps n'était pas passé. Comme si c'était hier. Elle ouvre, se fige, le dévisage silencieuse, s'efface, le laisse entrer. Elle ne pose pas de question. Lui non plus. Il dit juste qu'elle lui a manqué. Il s'approche lentement, lui touche la joue du bout des doigts, les lèvres, l'enlace, il enfouit son visage dans ses cheveux roux. Doucement leurs corps se frôlent, se dénudent, se reconnaissent. Un bout de peau contre un bout de peau. C'est encore mieux que dans les souvenirs. C'est vivant. Le parfum. La chaleur. Très vite, ils se mêlent, se fondent l'un dans l'autre. Elle s'abandonne à lui comme un animal sauvage et lui, il l'honore comme une reine donnée en offrande dans le temple des marins perdus. Il l'embrasse longtemps, caresse sa peau diaphane. Plus tard, il lui montre fièrement son ébauche de bateau. Et il scrute son regard. Silencieuse, elle laisse glisser ses doigts sur le bois poncé, avec tendresse, comme elle le faisait jadis sur son visage. Il se tient tout droit, tel un mât. Ce que le vent a emporté. Une mouette à contre-jour devant la porte du garage pousse un cri qui déchire l'air et s'envole.

IX

Cristal met la clé dans la serrure, tourne, ouvre la porte. Elle fait rentrer le jeune homme. Quel âge peut-il avoir ? Il a l'air tellement jeune ! Tu risques la prison, lui a dit Lambert ce matin. Elle montre la salle de bain au jeune garçon pour qu'il puisse prendre une douche chaude, et lui donne un training propre, un vieux training de Lambert qu'il ne mettait plus. Dans le living, le lit d'appoint est déjà déplié, recouvert de draps amidonnés et d'une couette chaude. Elle prépare des œufs avec des morceaux de poulet. Elle a pensé que le lard n'était peut-être pas une bonne idée. Ils mangent face à face. Le garçon semble timide à l'extrême, terriblement réservé. Il dit merci, sourit, ne raconte rien.

Elle regarde au travers de ses cheveux roux voletant autour de son visage le ciel parfaitement bleu, sans nuage. Elle regarde au fond d'elle-même, tout ce à quoi elle ne veut pas penser. Surtout ne pas poser de question. Surtout ne rien dire. Vivre. Un crabe court sur le sable de sa curieuse marche de côté. Elle ferme les yeux. Un ersatz de bonheur sans prix.

Sur le bateau, Helmut ne desserre pas les dents. Il fait ce que le patron lui dit de faire. Trier les poissons dans les bacs. Nettoyer le pont. Repartir de zéro. Il n'a pas les mots pour dire. Les autres le regardent. Ils peuvent bien le regarder. Il serre les dents. Il s'enferme. Au loin, l'horizon. « *How many roads must a man walk down before you call him a man ?* »

Elle laisse glisser ses doigts sur son visage. Comme avant. Mais rien n'est comme avant. C'est quoi ? Les espoirs déçus, l'attente interminable, la confiance écorchée. La honte. Ses doigts n'y croient plus vraiment. Son corps se raidit. Un petit courant d'air. Le bruit d'une voiture qui passe dans la rue. L'aboiement d'un chien. « Combien de routes un homme doit-il parcourir avant que tu puisses l'appeler un homme ? » L'occasion manquée.

Les mêmes flambeaux, la même lumière bleue, les mêmes cloches, les mêmes gestes lents. *The dead man again.* Repose en paix, *dead man.* RIP homme venu de la vallée de la mort. Gros plan sur les yeux blancs. Il trône au milieu du ring, serein. Riff de métal pour saluer l'entrée d'Edge, ceinture de métal sur le ventre. C'est le champion. L'Undertaker reste imperturbable. Le bruit des corps qui tombent sur le plancher. Combat à mains nues, sans artifices, sans scénario. Edge, le visage angélique, est vif, l'Undertaker est fort. Les prises se succèdent. L'endurance à la douleur, feinte ou réelle, est sans limites. Edge monte sur les cordes mais l'Undertaker le pousse par surprise. Et c'est lui, *the dead man*, qui montera sur les cordes et tombera à plat ventre sur son ennemi. Coups de pied. Retournements soudains. Combat à mains nues, probablement feint en partie, sans artifices. L'Undertaker, *the dead man*, est invincible.

Promenade sur la plage. Le vent souffle fort. Elle plisse les yeux pour ne pas y recevoir de petits grains de sable. Il lui prend la main. Silence. Elle cherche quelque chose à dire, un truc à raconter. Il serre sa main. Ils sont encore ensemble. Une fine pluie commence à tomber. Une nuée de mouettes volettent au-dessus de leur tête.

Sur le pont, avant de prendre le large. On parle des bateaux-usines, des mastodontes, des monstres marins qui vident la mer de ses ressources. Une mer sans poisson, une mer sans algue. Et les contraintes ! Un moratoire sur les morues et les maquereaux, ces poissons que les hommes pêchent depuis la nuit des temps. L'interdiction de pêcher à certains endroits. La liberté entravée. Les hommes parlent en désordre. Le monde qui s'échappe. Il n'y a plus de prise. Un mélange de colère sourde et de profonde inquiétude. Et le prix du fuel qui ne cesse d'augmenter. Et l'Europe qui finance la casse de bateaux pour diminuer la flotte. Un plan de casse de bateaux. La tristesse de voir les bateaux disparaître. Mon bateau, pense Helmut. Quelqu'un raconte l'histoire des marins hollandais à qui l'on a conseillé d'investir dans les filets électriques pour ne plus abîmer les fonds et ne plus capturer les petits poissons interdits à la pêche. Aujourd'hui les scientifiques ont changé d'avis. Ils disent que cette technique est encore plus dévastatrice pour l'environnement que les filets traditionnels. Helmut est en retrait. Il écoute. « Écoute notre prière. Pour les marins embarqués. Ramène-les tous à terre. Corps et âmes protégés. »

Après-midi ensoleillée. La température est clémente. Promenade sur la plage. Ils ont marché loin, il n'y a plus touristes ni badauds. Elle se déshabille, court, pieds nus sur le sable, saute dans l'eau, dans les vagues. Elle nage comme un poisson. Il la regarde. Il observe alentour. Elle sort de l'eau ravie, une lumière étrange dans les yeux. Elle retire ses sous-vêtements mouillés et s'étend sur le sable nue comme un vers pour se sécher. Je veux de l'amour dit sa peau blanche. Elle s'offre à lui comme elle se serait offerte à un vampire. Sa tête indolente renversée vers l'arrière. Elle se serait couverte de paillettes, elle aurait fait sauter le bouchon de champagne. Il se raidit. Mais si quelqu'un passait par là tout de même, si quelqu'un la voyait comme cela, couchée là, fondue dans la nature comme un animal sauvage. Il est gêné, pour elle, pour lui. La honte comme une piqûre de guêpe. Les idées qu'on se ferait de lui. Helmuuut. Ne pas laisser le chaos l'emporter, jamais. Il ramasse ses affaires et s'éloigne.

Cinquante kilomètres plus au sud, les dents serrées, il embarque sur le chalutier. Où trouver encore de la fierté ? Il a beau se tenir droit. Une mouette ricane tout près de lui. Vol plané. Plongeon. La mer. Jusqu'à l'infini. Qu'on lève l'ancre le plus vite possible. Parce que l'eau lave les mauvais souvenirs. Être digne. Tout est mouillé ici, l'eau est partout, tout autour, sur le pont, dans la mer et dans l'air, dans la bouche, dans les yeux. Et malgré tout, rester digne. Onze jours. Les marins s'épuisent au travail onze jours durant. Ils affrontent la mer douce ou cruelle, l'humidité, le froid, les jours de tempêtes. Les tranches de sommeil ne dépassent pas cinq ou six heures. L'odeur du fuel et des poissons, le bruit du moteur. Une part de ragoût qui tient au ventre. Les gestes qui se répètent depuis la nuit des temps. Trier les poissons, rincer le pont, redescendre le chalut.

Et le bruit du moteur. Une vague aveugle s'abat sur eux, jusqu'à l'intérieur des bottes. Les mains rougies par l'eau, blessées par les écailles de poisson, par les filins, par les filets.

Promenade dans les dunes à la nuit tombante. Pour le plaisir de se faire peur. Se sentir vibrer à l'intérieur. Se sentir vivants ensemble. Elle n'est pas assurée, pose précautionneusement un pied devant l'autre avec une lenteur qui traduit son malaise. Elle lui tient la main. Il respire sa fragilité. Il se sent fort, héros d'un instant. Il sourit. Cette femme douce, à la peau diaphane, au rire cristallin, cette femme naturelle sans prétention et sans chichi, cette femme rousse le rend heureux.

Rendez-vous sur la terrasse du glacier derrière les trois tilleuls. Glace vanille, leur préférée à tous les deux. Il a mis son pull bleu marine, celui qu'elle aime parce qu'il fait ressortir la couleur de ses yeux. Sur toutes les lèvres, l'histoire de cette vieille femme à qui l'on avait coupé l'électricité depuis plusieurs mois. Elle vivait dans le noir, sans lumière, sans chauffage, sans réchaud pour faire le café. Ce monde est sans pitié. Elle est en colère. Helmut ne veut pas savoir, ne veut plus appartenir à cette misère, s'extraire de toutes ses forces, pour toujours. Il pense à la mère qui ne voulait pas laisser toute la paie du bûcheron partir en alcool. Sa mère et ses interminables prières stériles. Il serre les dents.

Le métier de pêcheur se transmet traditionnellement d'une génération à l'autre, dans les familles. Parfois, l'un ou l'autre venu d'ailleurs, sans attache comme Helmut, apprend directement sur un chalutier sans connaître personne. Il y a l'école et les diplômes, mais les marins savent que c'est en mer que l'on apprend la mer. C'est en tenant une belle femme rousse par la main qu'on apprend à l'aimer. Pourtant Helmut continue de serrer les dents.

Fais-moi danser encore, insiste-t-elle.

> « *Hier op dit heilig stuk grond waar een pruimelaar stond, mis ik u zo. Hier waar de tovenaar sprak en verbeelding regeerde over wat er ontbrak. Kom geef mij u hand, vraag mij ten dans nu het nog kan. Kom geef mij u hand en wals deze laaste wals met mij. En nu, nu de tovenaar zwijgt en er niets overblijft dan melancholie...* ». Buurman, extrait de la chanson *Pruimelaar*, in *Rocky komt altijd terug.*

> « Ici, sur ce bout de terre sainte où trône un prunier, tu me manques. Là où le magicien parlait et où l'imagination manquait pour combler les manques. Viens, donne-moi ta main, demande-moi de danser maintenant, tant que

> c'est encore possible. Viens, donne-moi la main et valse cette dernière valse avec moi. Et maintenant, maintenant le magicien se tait et rien ne subsiste, sauf la mélancolie... »

« Écoute notre prière. Pour les marins embarqués. Ramène-les tous à terre. Corps et âmes protégés. »

X

Samedi midi. Elle est assise en face de lui, dans ce restaurant élégant, nappe blanche, lustre en cristal disproportionné, garçons obséquieux en plastron qui tiennent les plateaux haut en l'air d'une main assurée. Il tenait à s'offrir ce luxe. Se mêler au beau monde. Tant pis pour l'achat de planches de ce mois-ci. Mais le jeu lui échappe. Il aurait voulu se sentir à l'aise. Il observait les gestes, les manières, les mimiques, le maintien des autres clients. Leur ressembler. Sensation d'étrangeté. C'est comme passer à travers un buisson d'épines. Et elle ? Elle non plus.

Le garçon demande à Helmut de goûter le vin. Il trempe ses lèvres dans le verre. « Tu as pensé à lui offrir un cadeau ? » dit la jeune dame assise à la table à côté en s'adressant d'une voix tendre à son mari. Elle sort visiblement de chez le coiffeur. Passe la main dans ses cheveux savamment ondulés et brillants comme ceux d'une poupée en plastique. Le mari lui lance un regard glacial. Sa colère toute rentrée n'éclate pas. Il est maître. Il observe la pointe de son soulier parfaitement ciré. Cuir souple et très légèrement odorant. Helmut fait tournoyer le vin dans sa bouche d'une drôle de manière. Ici, il manque d'assurance. La femme continue son bavardage comme si son mari l'écoutait. Cela fait des années qu'il ne répond pas. « Oh, tu sais, j'ai vu que le fils de Petunia est parti étudier le piano en Australie. Curieux parcours, n'est-ce pas, après ses études de philosophie. » « Très bon le vin », dit Helmut d'une voix tranchante, presque autoritaire.

Samedi 15h20. Ventre lourd d'une nourriture trop riche. Promenade dans le centre-ville. Retour des températures hivernales. On est encore tôt dans la saison. Froid d'acier qui lacère la peau du visage. Elle essaie de se maintenir à sa hauteur mais il marche vite. La rue commerçante est déserte. Le vent hurle. Les touristes ne viennent ici qu'en été. Durant les autres saisons, la ville prend des allures de fantôme. Ville morte laissant une étrange sensation de solitude. Est-ce qu'ils existent vraiment ? Au bout de la rue, sur la place, une immense structure de montagnes russes. Toute la journée, les chariots dévalent les rails dans un grincement irritant. Jamais personne n'achète de ticket ni ne monte dedans. Il veut voir une vitrine sur le trottoir d'en face. En traversant la rue, elle se cogne le mollet contre le parechoc d'une voiture. Son bas nylon file. « Regarde le sac à main chamois sur la planche d'en haut à droite. C'est un sac Chanel. Cela t'irait bien. » Elle n'aime pas beaucoup le luxe. Elle murmure que cela ne lui ressemble pas. Mais qu'est-ce qui lui ressemble ?

XI

Il faut mettre plus de sel pour que le poisson conserve, dit-il. Sa voix claque comme la lame d'une guillotine. Il ne lui permettra jamais de laisser pourrir le poisson. La tension est palpable. L'air se durcit. Elle veut empêcher la dispute d'éclater, jeter de l'eau sur l'étincelle. Elle cherche à toute vitesse ce qu'elle doit faire, dire, quel geste, quel mot. La panique s'empare d'elle comme une vieille femme aux doigts crochus. Le tonnerre va éclater. Son cœur bat plus vite. Surtout se montrer détendue, sourire, mettre plus de sel. Ce n'est pas grave, on va juste mettre plus de sel. Il l'observe. Elle ne sait pas faire les choses. Faire bien les choses. Le poisson va pourrir. Elle va l'entraîner vers le bas, parce qu'elle ne sait pas faire les choses. Elle va laisser le poisson pourrir. Et sa maison, et sa vie, et ce qu'il a, et tout ce qu'il a réussi à avoir à force de travail, à force d'abnégation. Tout ce qu'il a déjà perdu. Son bateau. L'argent qui manque pour acheter des planches. Depuis deux mois déjà. Il marche sur un fil depuis tellement longtemps. Il la regarde, l'observe, la scrute. Elle rajoute du sel, mais elle ne contrôle pas. Il voit son corps se raidir et pense qu'il ne la désire plus. À cet instant, il voudrait qu'elle ne soit plus là.

Sortie en mer par calme plat. Quand le temps change brusquement. Sur la plage, un policier inconscient écrase un petit crabe avec ses grosses bottes. La mer est belle quand elle est en colère. Les vagues furieuses emportent tout. C'est comme une apocalypse. L'eau reprend ses droits et personne n'y peut rien. Coup de tonnerre. Et puis, le calme revient. Mort. Mer d'huile. C'est comme la fin des temps.

Il rentre fourbu, les muscles tendus, le corps meurtri. Sans un mot. Il se douche longtemps, laisse couler l'eau brûlante sur sa peau rougissante. Il se savonne encore et encore, espérant faire disparaître l'odeur. Elle lui sert un thé noir, une omelette au lard, une épaisse tranche de pain gris, une salade de tomates aux oignons. Il mange, silencieux. Quelque chose de serein. Au loin, un vieux blues raconte une histoire de travail dans les champs. Là-bas, il fait chaud et sec, ici froid et mouillé. Pour le reste, c'est pareil. Elle, elle est le contraire du travail. Elle est le repos du guerrier, le port d'attache. Il veut dormir dans ses bras. Il veut goûter toute cette fragilité. Il veut s'y noyer, s'y perdre à jamais.

Elle range, nettoie, astique. Elle gomme. Elle enferme dans une armoire les cahiers de dessins, les ballons gonflables, ses envies de carnaval, de kermesse. Les moments de fous rires. Elle aseptise. Puis, elle se fait jolie, se lave, s'enduit la peau d'une crème nourrissante choisie pour la rendre soyeuse. Peigne longuement ses cheveux et les attache dans un chignon serré. Elle s'habille. Ce mélange de sobriété et de séduction. C'est venu tout seul, comme ça, sans qu'elle décide. Elle se regarde à travers ses yeux à lui. La femme qu'il désire. Elle fait le lit avec des draps propres, d'un blanc immaculé, lisse le tissu du plat de la main pour effacer tous les faux plis, toutes les inégalités. Combien de coups faut-il encaisser ?

Cristal rentre chez elle après une journée de travail. Ses jambes sont lourdes, son corps est lent à déplacer. Elle se demande si elle trouvera Lambert à l'appartement. Il a parlé ce matin de prendre des distances. Des mouettes tournoient dans le ciel, devant elle, en criant. Elle pense au bal annuel du centre culturel. Elle aimerait savoir danser la valse.

XII

ELLE CHERCHE SA POSITION, remonte la couette sur son cou, remet l'oreiller sous sa tête. Elle ferme les yeux, se laisse tomber dans le sommeil. Des courants d'air froid sur ses chevilles et dans le cou. Il fait sombre. Plus elle s'enfonce, plus ses yeux s'habituent à l'obscurité. On ne voit même plus que ses cheveux sont roux. Les dalles noires et blanches sur le sol. Des portes en bois de tailles et de formes différentes. Une grande fissure dans le mur, là, juste devant. Ses talons claquent sur le sol. Un bruit de soufflerie. Encore des courants d'air. Jusqu'où va ce couloir ? Il semble sans fin. Passe-moi le sel. Des rires d'enfants derrière la porte. Qui veut encore de la soupe ? La porte grince horriblement, s'ouvre toute seule. Il n'y a personne. Juste une table de métal toute rouillée dans un petit jardin envahi d'orties. Le ciel est bas, gris. Tout est gris. Le tonnerre, la pluie. Derrière, un fort bruit de ferraille. Une fenêtre. Le crissement des jantes des wagons dévalant les rails des montagnes russes. Un enchevêtrement de métal dressé dans la nuit désolée, sur un terrain entre la gare et la mer. Des petites lumières. Le bruit du vent qui souffle. Seul, un vieil homme dans la cabine presse sur les boutons rouges, actionnant sa machine pour rien. Elle voudrait sortir au soleil, à la lumière, chasser ces images glauques de la nuit. Elle se lève, sort de la chambre.

Cristal et le jeune garçon mangent en silence, face à face. Elle voit dans ses yeux la reconnaissance. Elle voit dans ses yeux la gratitude. Un petit instant de chaleur dans le chaos du monde.

La pièce semble vide. Helmut est parti pêcher. Les pales du ventilateur tournent inlassablement avec un vrombissement mécanique insupportablement régulier. Sur la table, un plat en cristal rempli de fraises tout juste sorties du frigo. Des petites gouttelettes d'eau sur la chair rouge. La télévision est restée allumée dans l'autre pièce. Des images de guerre, et puis d'autres images, des cadavres déposés par la mer sur une plage. Lui, il est sorti en mer. Et elle, elle reste là devant les fraises. Elle entend son rire. Elle voudrait rire encore un peu avec lui. La journée sera longue. Elle marche, allant d'une pièce à l'autre, nonchalante, laissant son doigt glisser sur la table, le long du mur.

Elle l'attend sur le quai, debout, face à la mer, résistant stoïquement au vent glacial. Ses yeux scrutent l'horizon. Elle pense aux femmes de marins, aux femmes qui chantent le fado. Elle a préparé une grande salade de pâtes, de pesto et d'olives. Et elle a acheté une bouteille de vin rosé et un saucisson sec. Elle a tout mis dans le frigidaire avant de partir. Elle l'attend. Elle ne sait pas quand il va rentrer. Cette marée ?... La suivante ?... Soudain, elle aperçoit le bateau sur lequel il travaille, tout au loin, sur la ligne d'horizon. Elle allumera un feu dans la cheminée. Elle s'assiéra à ses pieds, entre ses jambes et ils mangeront les pâtes. Il lui racontera des histoires de marins perdus en mer, des histoires étranges, puis ils riront ensemble. Elle aurait dû faire de la soupe aux légumes. C'est bon, la soupe aux légumes, c'est réconfortant. Le bateau vient progressivement vers elle. Elle est heureuse, impatiente.

Mauvaise pêche. Il est épuisé. Enfermé dans sa rage. L'argent manque pour rembourser ses dettes, pour les planches, pour les pâtes.

Elle pleure. En silence. Sans cris, sans mots, juste des petites larmes roulant sur ses joues comme des perles d'amour. Il résiste. Il est fort. Elle ne sait pas ce qu'est la vraie souffrance. Celle qui broie, qui sape, qui tronçonne. Les failles laissées par les coups sont encore là. Profondes. Il se redresse. Aucun assaut quel qu'il soit ne l'atteindra jamais, ni les critiques ni le désamour. Il tiendra bon.

Couchée dans le lit. Elle regarde son dos. Elle voudrait toucher, se coller, se fondre. Elle n'ose pas. Une faille tectonique dans le mitan du lit. Un précipice qui pourrait l'engouffrer à jamais. Elle reste immobile, tétanisée. Le corps tremblant de désir, elle continue de regarder la peau douce et chaude de l'homme qu'elle aime.

Lambert est revenu. Il ne sait lui-même pas très bien pourquoi. Il regarde sa femme usée par les années de travail, le dos abîmé à cause des caisses de marchandises à porter, les jambes lourdes à force de rester debout, les mains rougies par les vaisselles. Il regarde sa femme au corps épaissi, les cheveux blonds gras. Il regarde sa femme offrant l'asile à un jeune garçon pour qu'il ne dorme pas dehors, pour qu'il ne meure pas de froid. Il la regarde ranger la cuisine, passer la lavette sur l'évier en inox. Il pense que dans ce monde-ci, la vie d'un homme n'a pas le même prix que celle d'un autre homme. Il pense que ce n'est pas juste. Il lui parle des gens qui, au-delà de la frontière, se rassemblent sur des ronds-points pour dire leurs difficultés à s'en sortir, pour dire leur colère, pour dire qu'ils ne veulent plus continuer comme cela, que l'on ne peut plus continuer comme cela. « On va essayer de faire pareil. Le week-end prochain, on ira, Cristal, si tu veux. » Il voudrait lui dire qu'elle est belle, mais il n'ose pas, il n'ose plus. Il se tait.

Elle regarde Helmut sortir de la chambre. Face au miroir, elle brosse ses longs cheveux roux. Une boucle d'oreille sur le plancher près de la table de nuit. Une perle verte éclatante. Un travail d'orfèvre. Une boucle d'oreille qui n'est pas à elle. Elle ne veut pas savoir. Mais elle sait. Elle est prisonnière de son amour pour Helmut, de ses mains qui caressent sa peau, de ses baisers qui l'emportent, de sa bouche sur ses seins, de sa voix qui l'enveloppe. Elle prend le bijou, le jette au fond de son sac.

Petit restaurant aux nappes à carreaux rouge et blanc. Il est assis en face d'elle, tout concentré sur son osso buco, coupant la viande avec grande concentration. Les murs sont recouverts d'un bois sombre et chaleureux. Tout le long, une guirlande de petites lampes. Il fait très chaud dans la salle. Elle lui parle d'une promenade qu'elle a faite dans les dunes. Il ne l'écoute pas. Il dit juste oui de temps en temps, les yeux fixés sur son plat. Elle est un oiseau. C'est pour cela que cela ne fonctionne pas. Elle voudrait parler avec lui du monde de demain. Elle dit « tu devrais t'offrir une nouvelle paire de lunettes ». Elle pose la boucle sur la table, la boucle ouvragée avec la perle verte. Puis elle bat des ailes et s'envole. Elle est un oiseau. Les clients du restaurant poussent des exclamations de surprise. Elle vole d'une table à l'autre, remonte vers le plafond, bat des ailes plus vite, un vol plané. Quand elle accélère, elle sent le souffle d'air sur ses plumes, c'est agréable. Elle ne maîtrise pas encore complètement, risque de se cogner, de tomber, mais elle apprend vite. Quelqu'un ouvre la porte. Elle fait volte-face, s'engouffre dans l'ouverture. Il commence à pleuviner. Elle enfonce les mains dans les poches de sa veste et traverse la rue.

Il se fige. Il sait qu'elle ne reviendra plus, qu'il ne retournera plus chez elle. Il se redresse. Sec comme un morceau de bois vidé de sa sève. Han. Raidi à jamais. Il ne veut plus de cette tendresse qui le disperse. Il finira de construire son bateau. Il veut finir de construire son bateau. Seul cela compte. Il se tient tout droit comme un soldat. C'est comme ça.

Arrivée sur le trottoir d'en face, elle avance droit devant, au milieu des gouttes de pluie gonflées de la lumière orangée des réverbères. Elle retire la pince qui tient ses cheveux dans un chignon serré, secoue la tête. Ses cheveux roux libérés rayonnent en un faisceau de lumière cuivré. « *I am singing in the rain.* » Elle rit. Elle éclate de rire. Gonflée d'un souffle de vie nouveau. Elle croise une petite femme boulotte aux cheveux blonds bouclés qui lui lance un grand sourire. Le monde est en train de changer. Et elle maintenant, elle peut voler. Elle s'appelle Sarah. Elle est belle. Et elle peut voler. Vol plané, triple salto, piqué.

Remerciements

Je voudrais remercier chaleureusement mes trois enfants qui me donnent tant de joie, Sophie Magerat pour ses ateliers d'écriture passionnants et son précieux soutien, Jérémie Lahousse pour sa relecture bienveillante, Salomé Mulongo pour ses conseils judicieux, Éric Brucher pour son enthousiasme et la grande attention qu'il a portée à ce texte. Sans eux, ce roman n'aurait pu voir le jour.

Achevé d'imprimer
en novembre 2021